TRANZLATY

El idioma es para todos

언어는 모든 사람을 위한 것입니다

La Transformación
(*La Metamorfosis*)
변신

Franz Kafka
프란츠 카프카

Español
한국어

www.tranzlaty.com

Primera parte
파트 1

Gregorio Samsa se despertó una mañana de un sueño intranquilo.

그레고르 삼사는 어느 날 아침, 악몽 같은 꿈에서 깨어났다.

Se encontró en su cama, pero incapaz de moverse.

그는 침대에 누워 있었지만, 몸을 움직일 수 없었다.

Se había transformado en una alimaña monstruosa.

그는 끔찍한 벌레로 변해버렸다.

Estaba acostado boca arriba, sobre su espalda, que estaba dura como una armadura.

그는 갑옷처럼 단단한 등에 누워 있었다.

Levantando un poco la cabeza podía ver su barriga.

그는 고개를 살짝 들어 자신의 배를 볼 수 있었다.

Pero su vientre estaba abovedado y dividido en segmentos.

그러나 그의 배는 둥글었고 여러 부분으로 나뉘어 있었다.

La manta descansaba encima de su vientre redondeado.

담요가 그의 동그란 배 위에 놓여 있었다.

Pero la manta estaba a punto de caerse por completo.

하지만 담요는 거의 완전히 미끄러져 내려갈 뻔했다.

Sus piernas eran lamentables comparadas con su tamaño habitual.

그의 다리는 평소 크기에 비해 너무 가늘었다.

Y sus muchas piernas se movían impotentes ante sus ojos.

그리고 그의 수많은 다리가 그의 눈앞에서 무력하게 깜빡거렸다.

"¿Qué me ha pasado?" pensó para sí.

"나에게 무슨 일이 일어난 거지?" 그는 속으로 생각했다.

Pero no era un sueño del que no pudiera despertar.

하지만 그것은 그가 깨어날 수 없는 꿈이 아니었다.

En realidad era su propia habitación la que él se encontraba.

그가 있는 곳은 정말로 그의 방이었다.

Un auténtico espacio para humanos, aunque un poco pequeño.

사람이 살기에 충분한 공간이지만, 크기가 조금 작다.

Él yacía tranquilamente entre las cuatro paredes conocidas.

그는 네 개의 잘 알려진 벽 사이에 조용히 누워 있었다.

Sobre la mesa había una colección de muestras textiles.

테이블 위에는 다양한 직물 샘플들이 놓여 있었다.

Samsa era un vendedor ambulante, de ahí las muestras.

삼사는 순회 판매원이었기 때문에 샘플을 가지고 다녔던 것입니다.

Encima de las muestras textiles desmontadas había una imagen.

분해된 직물 샘플 위에는 사진 한 장이 있었다.

Recientemente había recortado la imagen de una revista.

그는 최근에 잡지에서 그 사진을 오려냈다.

Había colocado el cuadro en un bonito marco dorado.

그는 그 그림을 예쁘고 금박을 입힌 액자에 넣어 두었다.

El cuadro enmarcado mostraba a una dama sentada erguida.

액자에 담긴 그림 속에는 똑바로 앉아 있는 여인의 모습이 그려져 있었다.

Llevaba un gorro de piel y tenía un manguito de piel.

그녀는 털모자를 쓰고 있었고, 털 목도리를 하고 있었다.

Ella estaba levantando su mano hacia el espectador de la imagen.

그녀는 사진을 보는 사람을 향해 손을 들어 올리고 있었다.

Todo su antebrazo desapareció dentro de su pesado manguito de piel.

그녀의 팔뚝 전체가 두꺼운 털 토시 속에 파묻혔다.

Gregor miró por la ventana el clima gris.

그레고르는 창밖으로 흐린 날씨를 바라보았다.

Se podía oír fuertes gotas de lluvia golpeando la ventana.

창문에 떨어지는 굵은 빗방울 소리가 들렸다.

El clima gris lo hacía sentir muy melancólico.

흐린 날씨 때문에 그는 몹시 우울해졌다.

"¿Qué tal si duermo un poco más?" pensó.

"좀 더 자볼까?" 그는 생각했다.

"Dormir más podría ayudarme a olvidar estas tonterías".

"잠을 더 자면 이 말도 안 되는 소리를 잊을 수 있을지도 몰라."

Pero dormir más era completamente inviable.

하지만 더 이상 자는 것은 도저히 불가능했다.

Porque estaba acostumbrado a dormir sobre su lado derecho.

그는 오른쪽으로 누워 자는 것에 익숙했기 때문입니다.

Pero su estado actual le impedía realizar sus movimientos habituales.

하지만 그의 현재 상태로는 평소처럼 움직일 수 없었다.

No tenía forma de llegar a esa posición.

그는 이런 상황에 처할 만한 어떤 이유도 없었다.

Intentó con todas sus fuerzas lanzarse hacia su lado derecho.

그는 최대한 오른쪽으로 몸을 돌리려고 애썼다.

Probablemente intentó este movimiento cientos de veces.

그는 아마 이 동작을 백 번도 넘게 시도했을 것이다.

Pero él siempre volvía a la posición supina.

하지만 그는 항상 다시 누운 자세로 돌아갔다.

Cerró los ojos para no ver sus piernas inquietas.

그는 꼼지락거리는 다리를 보지 않으려고 눈을 감았다.

Al final el dolor le impidió intentarlo de nuevo.

결국 그는 고통 때문에 다시 시도하는 것을 포기했다.

Un dolor sordo en el costado que nunca había sentido antes.

그는 전에 느껴본 적 없는 둔한 옆구리 통증을 느꼈다.

«Oh Dios», pensó desesperado Gregorio Samsa.

"맙소사," 그레고르 삼사는 절망적으로 속으로 생각했다.

¡Qué profesión tan agotadora he elegido para mí!

"내가 얼마나 힘든 직업을 선택했는지!"

"Día tras día tengo que viajar por trabajo".

"저는 매일같이 업무 때문에 여기저기 다녀야 해요."

"El trabajo de oficina es mucho más fácil que trabajar fuera de casa".

"사무실 근무가 출장 근무보다 훨씬 편하다."

"Y tengo la maldición de tener que viajar."

"그리고 저는 여기저기 여행을 다녀야 하는 저주에 걸렸어요."

"Todas las preocupaciones por llegar a tiempo a los trenes."

"기차 시간에 맞춰 가야 한다는 걱정이 너무 많아요."

"Mis horarios de comida son irregulares y la comida es mala".

"식사 시간이 불규칙적이고, 음식 맛도 없어요."

"Mis amigos siempre están cambiando de ciudad en ciudad."

"제 친구들은 항상 도시를 옮겨 다니며 살아요."

"Las interacciones que tengo son frías y profesionales".

"제가 겪는 상호작용은 차갑고 전문적입니다."

"¡Dejad que el Diablo se divierta con este tipo de trabajos!"

"이런 일은 악마나 즐겁게 하도록 내버려 두자!"

Sintió un ligero picor en la parte superior del estómago.

그는 배 윗부분이 약간 가려운 것을 느꼈다.

Se apoyó contra el poste de la cama, con la espalda.

그는 등을 침대 기둥에 바짝 기대었다.

Quería poder levantar mejor la cabeza.

그는 고개를 더 잘 들 수 있기를 바랐다.

Encontró el punto que le picaba y le molestaba.

그는 자신을 괴롭히던 가려운 부위를 발견했다.

Su cabeza parecía estar cubierta de pequeños puntos blancos.

그의 머리는 마치 작은 흰 점들로 뒤덮인 것처럼 보였다.

No podía decir qué eran esos pequeños puntos blancos.

저 작은 흰 점들이 무엇인지 그는 알 수 없었다.

Había planeado tocar el lugar con una de sus piernas.

그는 다리 하나로 그 지점을 건드릴 계획이었다.

Pero cuando tocó el lugar sintió un extraño escalofrío.

하지만 그가 그 부분을 만지자 이상한 한기가 느껴졌다.

Entonces inmediatamente retiró la pierna del lugar.

그래서 그는 즉시 그 자리에서 다리를 떼었다.

No tuvo más remedio que aceptar la sensación de picazón.

그는 가려운 느낌을 받아들일 수밖에 없었다.

Y volvió a su posición anterior en la cama.

그리고 그는 침대에서 이전 자세로 돌아갔다.

"Despertarse tan temprano realmente te vuelve bastante estúpido".

"이렇게 일찍 일어나면 정말 머리가 멍해져요."

"Un hombre debe dormir lo suficiente", pensó.

"사람은 충분한 잠을 자야 한다." 그는 속으로 생각했다.

"Los demás vendedores ambulantes viven una vida de lujo."

"다른 순회 판매원들은 호화로운 생활을 누리고 있어요."

"Por la mañana transfiero los pedidos que he recibido."

"아침에 제가 받은 주문들을 이체합니다."

"Mientras tanto esos señores todavía están desayunando."

"그나저나 저분들은 아직도 아침 식사를 하고 계시네요."

"Imagínese si intentara hacer eso con mi jefe".

"내가 상사한테 그런 짓을 했다고 생각해 봐."

"Me despediría antes de terminar mi desayuno."

"그는 내가 아침 식사를 마치기도 전에 나를 해고하곤 했어요."

"Pero quizá eso tampoco sería lo peor."

"하지만 어쩌면 그것도 최악의 상황은 아닐지도 몰라요."

"El problema es que mis padres me están frenando".

"문제는 부모님이 제 발목을 잡고 있다는 거예요."

"Si no fuera por ellos ya habría dimitido."

"그들이 아니었으면 저는 벌써 사임했을 겁니다."

"Me habría enfrentado al jefe y se lo habría dicho".

"나라면 상사에게 맞서서 말했을 거예요."

"Diría exactamente lo que pienso de él y del trabajo".

"저는 그와 그 일에 대해 제가 생각하는 바를 솔직하게 말할
것입니다."

"¡Se caería del escritorio si le contara todo!"

"내가 그에게 모든 걸 말하면 그는 책상에서 떨어질 거야!"

"Es muy extraña la forma en que se sienta en su escritorio".

"그가 책상에 앉아 있는 모습이 참 이상하네요."

**"La forma en que habla con sus subordinados no es
correcta".**

"그가 부하 직원들에게 말하는 방식은 옳지 않다."

"Y lo peor es que su audición es muy pobre".

"그리고 가장 안타까운 점은 그의 청력이 너무 나쁘다는
것입니다."

**"Así que no te queda otra opción que sentarte muy cerca de
él."**

"그러니 당신은 그와 아주 가까이 앉을 수밖에 없군요."

**Pero dicho todo esto, la esperanza no está completamente
perdida todavía.**

"하지만 그렇다고 해서 희망이 완전히 사라진 것은 아닙니다."

"Ahorraré el dinero para pagar la deuda de mis padres".

"부모님의 빚을 갚기 위해 돈을 모을 거예요."

"No puedo hacer nada mientras todavía le deban dinero".

"그들이 그에게 돈을 갚을 때까지는 제가 할 수 있는 일이
아무것도 없어요."

"Pero cuando la deuda esté pagada definitivamente lo haré."

"하지만 빚을 갚고 나면 반드시 그렇게 하겠습니다."

"Probablemente tomará otros cinco o seis años."

"아마 5년에서 6년은 더 걸릴 겁니다."

"Sí, entonces definitivamente se hará la gran separación".
"네, 그렇다면 확실히 큰 차이가 생길 겁니다."
"Por el momento, sin embargo, debo levantarme de la cama."
"하지만 당분간은 침대에서 일어나야겠어요."
"Porque mi tren sale a las cinco en punto."
"제 기차가 5시에 출발하거든요."
Gregor miró el despertador que sonaba sobre la mesa.
그레고르는 탁자 위에서 째깍거리는 알람시계를 바라보았다.
"¡Padre Celestial!" pensó al ver la hora.
그는 시간을 확인하고는 "하늘 아버지!"라고 생각했다.
Las seis y media ya habían pasado silenciosamente.
6시 30분은 이미 조용히 지나가 버렸다.
Y las manecillas del reloj seguían avanzando.
그리고 시계 바늘은 계속해서 앞으로 나아갔다.
Y ahora se acercaba la cuarta hora menos cuarto.
이제 시간은 7시 15분 전이 되어가고 있었다.
"¿Quizás la alarma no sonó para despertarme?", pensó.
"아마도 알람이 울리지 않아서 깨지 못한 걸지도 몰라." 그는
생각했다.
Desde la cama Gregor inspeccionó el despertador.
그레고르는 침대에서 알람시계를 살펴보았다.
El despertador estaba programado exactamente para las cuatro.
알람시계는 4시에 정확히 맞춰져 있었다.
No podía explicarlo, pero la alarma debió haber sonado.
그는 설명할 수 없었지만, 경보가 울렸던 것은 분명했다.
"¿Cómo pude dormirme a pesar de la alarma sin darme cuenta?"
"내가 어떻게 알람 소리를 못 듣고 잤지?"
Cuando suena la alarma incluso sacude los muebles.
경보기가 울리면 가구까지 흔들릴 정도다.

Sabía que su sueño no había sido para nada tranquilo.

그는 자신의 잠이 전혀 편안하지 않았다는 것을 알고 있었다.

Pero quizá por eso su sueño era mucho más profundo.

하지만 어쩌면 그것이 그의 잠이 훨씬 더 깊었던 이유였을지도 모릅니다.

Tenía que pensar qué debía hacer ahora.

그는 이제 무엇을 해야 할지 생각해야 했다.

El siguiente tren no salía hasta las siete.

다음 기차는 7시에나 출발했다.

Coger ese tren sería casi imposible.

그 기차를 타는 건 거의 불가능할 거예요.

Y aún no había empacado los textiles que necesitaba.

그리고 그는 아직 필요한 직물을 챙기지 못했다.

Tampoco se sentía especialmente fresco y ágil.

그는 몸 상태가 특별히 개운하거나 민첩하다고 느끼지 못했다.

Quizás había una posibilidad de subir al tren.

어쩌면 기차에 탈 기회가 있을지도 몰라.

Pero de todas formas, un regaño por parte del jefe era inevitable.

하지만 어떤 선택을 하든 상사에게 꾸중을 듣는 건 피할 수 없었다.

El empleado habría subido al tren de las cinco.

점원은 5시 기차를 탔을 것이다.

El oficinista era una criatura sin carácter del jefe.

그 사무직원은 사장에게 조종당하는 나약한 존재였다.

Así que la ausencia de Gregor ya habría sido informada.

그러므로 그레고르의 부재는 이미 보고되었을 것이다.

"¿Qué pasa si llamo para avisar que estoy enfermo?" Gregor estaba pensando.

"내가 병가를 내면 어떨까?" 그레고르는 생각에 잠겼다.

Pero eso sería extremadamente embarazoso y sospechoso.

하지만 그렇게 되면 굉장히 당황스럽고 의심스러울 겁니다.

Gregor nunca había estado enfermo durante el tiempo que trabajó allí.

그레고르는 그곳에서 일하는 동안 한 번도 아픈 적이 없었다.

Y ya les había dado cinco años de servicio.

그리고 그는 이미 그들에게 5년의 복무 기간을 부여했다.

Lo más probable era que el jefe viniera a ver cómo estaba.

사장님이 그를 확인하러 올 가능성이 높았다.

Probablemente traería al médico del seguro médico.

그는 아마 건강보험 담당 의사를 데려올 겁니다.

Y culparía a los padres por la pereza de su hijo.

그리고 그는 게으른 아들을 부모 탓으로 돌릴 것이다.

No podrían hacerle ninguna objeción.

그들은 그에게 아무런 이의도 제기할 수 없을 것이다.

Porque para él sólo había dos clases de trabajadores.

그에게는 노동자의 종류가 두 종류밖에 없었기 때문이다.

O bien los trabajadores estaban completamente sanos o bien eran reacios al trabajo.

노동자들은 완전히 건강하거나, 아니면 일하기 싫어하는 사람들뿐이었다.

¿Y estaría equivocado en ese análisis básico?

그렇다면 그의 그러한 기본적인 분석이 틀린 것일까요?

Ciertamente, en este caso tenía un argumento sólido.

확실히, 이 경우에는 그의 주장이 타당했습니다.

A pesar de su apariencia, Gregor en realidad se sentía bastante bien.

겉모습과는 달리 그레고르는 실제로 몸 상태가 꽤 좋았습니다.

El sueño innecesariamente largo lo dejó un poco somnoliento.

불필요하게 긴 잠을 잔 탓에 그는 약간 졸렸다.

Pero aparte de eso no podía quejarse de enfermedad.

하지만 그 외에는 그는 병에 대해 불평할 거리가 없었다.

Incluso sintió un hambre especialmente fuerte y saludable.

그는 심지어 특별히 강렬하고 건강한 허기를 느꼈다.

Mientras pensaba estos pensamientos el reloj volvió a sonar.

그가 이런저런 생각을 하는 동안 시계는 다시 한번 시간을 알렸다.

Según la alarma eran ya las siete menos cuarto.

알람에 따르면 지금은 7시 15분 전이었다.

Y ahora también se oyó un suave golpe en la puerta.

그리고 그때 문을 두드리는 소리가 들렸다.

—Gregor —lo llamó alguien. Era la madre.

"그레고르," 누군가 그를 불렀다. 어머니였다.

"Son las siete menos cuarto", confirmó la alarma.

"7시 15분 전이에요." 그녀는 경보음을 확인시켜 주었다.

¿No querías irte?, preguntó la suave voz.

"떠나고 싶지 않았나요?" 부드러운 목소리가 물었다.

Gregor se asustó cuando oyó su voz respondiendo.

그레고르는 그의 목소리가 대답하는 것을 듣고 겁에 질렸다.

La voz seguía siendo la voz que siempre tuvo.

그 목소리는 여전히 그가 늘 가지고 있던 목소리였다.

Pero ahora había un nuevo sonido mezclado en su voz.

하지만 이제 그의 목소리에는 새로운 음색이 섞여 있었다.

**Desde lo más profundo de él también salió un doloroso
chillido.**

그의 마음속 깊은 곳에서 고통스러운 비명이 터져 나왔다.

Al principio su voz parecía formar palabras con claridad.

처음에는 그의 목소리가 또렷하게 들리는 듯했다.

Pero entonces Gregor escuchó el eco mental de su voz.

하지만 그때 그레고르는 자신의 목소리가 마음속에서 메아리치는
것을 들었다.

**La grabación de su voz se interrumpió de una manera
extraña.**

그의 목소리 녹음이 이상하게 끊겼다.

Y no estaba seguro de si había escuchado las cosas correctamente.

그는 자신이 제대로 들은 건지 확신하지 못했다.

Gregor sintió un profundo deseo de dar una respuesta detallada.

그레고르는 자세한 답변을 해주고 싶은 강한 욕구를 느꼈다.

Quería explicarle todo claramente a su madre.

그는 어머니께 모든 것을 명확하게 설명하고 싶었다.

Pero, dadas las circunstancias, tuvo que limitarse.

하지만 상황을 고려했을 때, 그는 스스로를 자제해야 했다.

Y respondió mucho más breve de lo que le hubiera gustado.

그리고 그는 자신이 원했던 것보다 훨씬 짧게 대답했습니다.

-Sí madre, no te preocupes, gracias, ya estoy levantado.

"네, 어머니, 걱정 마세요, 감사합니다. 벌써 일어났어요."

La puerta de madera probablemente ayudó a amortiguar su voz.

나무 문이 그의 목소리를 줄이는 데 도움이 되었을 것이다.

Desde fuera el cambio en la voz de Gregor pasó desapercibido.

밖에서는 그레고르의 목소리 변화를 아무도 알아채지 못했다.

La madre pareció estar satisfecha con su explicación.

어머니는 그의 설명에 만족한 듯 보였다.

Y ella se fue de nuevo tan silenciosamente como había llegado.

그리고 그녀는 왔던 것처럼 조용히 다시 떠났다.

Pero la pequeña conversación tuvo un efecto no deseado.

하지만 그 짧은 대화는 원치 않는 결과를 낳았습니다.

Llamó la atención de los demás miembros de la familia.

그는 다른 가족 구성원들의 관심을 끌었다.

Gregor todavía estaba en casa y no había ido a trabajar.

그레고르는 아직 집에 있었고 출근하지 않았다.

Y ahora el padre también llamó a la puerta lateral.

그러자 아버지도 옆문을 두드렸다.

Golpeó débilmente, pero decidido, con el puño.

그는 약하지만 단호한 표정으로 주먹을 쾅쾅 두드렸다.

—Gregor, Gregor —gritó—, ¿cuál es el problema?

"그레고르, 그레고르," 그가 불렀다. "무슨 문제야?"

Al cabo de un rato volvió a advertir con voz más grave.

잠시 후 그는 더 낮은 목소리로 다시 경고했다.

Pero ahora la hermana llamó a la puerta del otro lado.

그런데 반대편 문에서 여동생이 노크를 했다.

"¿Gregor? ¿No te encuentras bien?", preguntó en voz baja.

"그레고르? 몸이 안 좋으세요?" 그녀가 조용히 물었다.

"¿Necesitas algo?" preguntó preocupada.

"필요한 거 있으세요?" 그녀는 걱정스러운 표정으로 물었다.

Gregor respondió a ambas partes: "Ya he terminado".

그레고르는 양쪽 모두에게 "나는 이미 끝났습니다."라고 대답했다.

Había hecho todo lo posible para pronunciar todas las palabras con cuidado.

그는 모든 단어를 신중하게 발음하려고 최선을 다했다.

Y eliminó todo lo que era llamativo en su voz.

그리고 그는 목소리에서 눈에 띄는 모든 것을 없앴다.

El padre también parecía satisfecho con la respuesta.

아버지도 그 대답에 만족하는 듯 보였다.

Y regresó a su desayuno inacabado.

그리고 그는 먹다 만 아침 식사를 다시 시작했다.

Pero la hermana susurró: "Gregor, ábreme, te lo ruego".

하지만 여동생은 "그레고르, 제발 문 좀 열어줘."라고 속삭였다.

Pero su preocupación por él no podía conmoverlo de ninguna manera.

하지만 그녀의 걱정은 그에게 아무런 감흥도 주지 못했다.

Gregor no tenía intención de abrirle la puerta.

그레고르는 그녀를 위해 문을 열어줄 생각이 전혀 없었다.

Había adquirido algunos hábitos de cautela al viajar.

그는 여행을 통해 조심스러운 습관들을 몇 가지 갖게 되었다.

Y se alababa a sí mismo por haber cerrado las puertas.

그리고 그는 문을 잠근 것을 스스로 칭찬했다.

Primero quiso levantarse tranquilamente y a su propio ritmo.

우선 그는 조용히 자기 시간에 일어나고 싶어 했다.

Y sin que nadie le molestara quiso vestirse.

그리고 그는 방해받지 않고 옷을 입고 싶어 했다.

Una vez logrado esto, quiso entonces desayunar.

그 목표를 달성한 후, 그는 아침 식사를 하고 싶어했습니다.

Sólo entonces quiso reflexionar más sobre la situación.

그러고 나서야 그는 상황을 좀 더 고려해 보고 싶어 했다.

Sabía que no tenía sentido hacer planes en la cama.

그는 침대에서 계획을 세워봤자 소용없다는 것을 알고 있었다.

Sería imposible llegar a una conclusión sensata.

합리적인 결론에 도달하는 것은 불가능할 것이다.

Había habido otras ocasiones en las que se despertó con dolores leves.

그는 이전에도 약간의 통증을 느끼며 잠에서 깬 적이 있었다.

Estos dolores siempre resultaban ser pura imaginación.

이러한 고통은 언제나 순전히 상상에 불과했던 것으로 밝혀졌습니다.

Al levantarme de la cama el dolor invariablemente desaparecía.

침대에서 일어나면 통증이 어김없이 사라졌다.

Tenía curiosidad por ver qué pasaría con esas ideas.

그는 이러한 아이디어들이 어떻게 될지 궁금했다.

El cambio en su voz probablemente se debió sólo a un resfriado.

목소리가 변한 건 아마 감기 때문이었을 거야.

Los resfriados son simplemente un riesgo laboral para los viajeros.

감기는 여행자에게 흔히 발생하는 직업병일 뿐입니다.

No tenía ninguna duda de que ésa era la explicación lógica.

그는 그것이 논리적인 설명이라는 데 의심의 여지가 없었다.

Logró quitarse la manta de encima con facilidad.

그는 쉽게 담요를 벗어낼 수 있었다.

Lo único que tenía que hacer era inhalar e inflarse.

그가 해야 할 일은 숨을 들이쉬고 몸을 부풀리는 것뿐이었다.

La manta se deslizó de su cuerpo y cayó al suelo.

담요가 그의 몸에서 미끄러져 바닥으로 떨어졌다.

Su cuerpo increíblemente ancho dificultaba otras cosas.

그의 엄청나게 큰 몸집은 다른 여러 가지 어려움을 야기했다.

Habría necesitado brazos y manos para ponerse de pie.

그가 일어서려면 팔과 손이 필요했을 것이다.

Pero ya no tenía las extremidades que solía tener.

하지만 그는 예전처럼 팔다리가 멀쩡하지 않았다.

En lugar de brazos y manos tenía muchas piernas pequeñas.

그는 팔과 손 대신 수많은 작은 다리를 가지고 있었다.

Y sus piernas se movían constantemente, sin su control.

그리고 그의 다리는 그의 의지와 상관없이 끊임없이 움직였다.

Intentó doblar una pierna, pero en lugar de eso se estiró.

그는 한쪽 다리를 구부리려고 했지만, 오히려 다리가 쭉 펴졌다.

Finalmente logró controlar una pierna.

그는 마침내 한쪽 다리를 제어하는 데 성공했다.

Pero luego se liberó el movimiento de las otras piernas.

하지만 그때 나머지 다리의 움직임이 자유로워졌습니다.

Y todas sus piernas se crisparon de extrema excitación.

그리고 그는 극도로 흥분하여 온몸의 다리가 움찔거렸다.

Primero quería sacar la parte inferior de su cuerpo de la cama.

그는 먼저 하반신을 침대에서 꺼내고 싶어했다.

Pero en realidad aún no había visto la parte inferior de su cuerpo.

하지만 그는 아직 자신의 하반신을 제대로 보지 못했다.

Y, de todas formas, resultó demasiado difícil mover esta pieza.

게다가 이 부분을 옮기는 건 어쨌든 너무 어려웠습니다.

Finalmente, con todas sus fuerzas, realizó un movimiento salvaje.

마침내 그는 온 힘을 다해 무모한 움직임을 보였다.

Sin más vacilación, avanzó.

그는 더 이상 망설이지 않고 앞으로 나섰다.

Pero había elegido la dirección equivocada.

하지만 그는 잘못된 방향을 선택했다.

Golpeó violentamente su cuerpo contra el poste inferior de la cama.

그는 침대 기둥 아래쪽에 몸을 violently하게 부딪쳤다.

El dolor ardiente que sintió le enseñó una valiosa lección.

그가 느낀 극심한 고통은 그에게 값진 교훈을 가르쳐주었다.

La parte inferior de su cuerpo era quizás más sensible.

그의 하반신이 더 민감했을지도 모른다.

Entonces intentó sacar primero la parte superior del cuerpo de la cama.

그래서 그는 먼저 상체를 침대에서 꺼내려고 했다.

Giró cuidadosamente la cabeza en la dirección correcta.

그는 조심스럽게 고개를 올바른 방향으로 돌렸다.

Y pronto su cabeza estaba mirando hacia el borde de la cama.

곧 그의 머리는 침대 가장자리를 향하게 되었다.

Este movimiento cauteloso en realidad fue fácil para él.

그에게 있어 이러한 신중한 움직임은 사실 쉬운 일이었다.

Y su anchura y peso no detuvieron su movimiento.

그의 덩치와 몸무게는 그의 움직임을 막지 못했습니다.

La masa de su cuerpo siguió lentamente el giro de la cabeza.

그의 몸무게는 머리가 돌아가는 것을 천천히 따라갔다.

Pero luego sostuvo su cabeza sobre el borde de la cama.

그런데 그는 갑자기 침대 가장자리에 머리를 걸쳤다.

Y se enfrentó a un nuevo miedo en el que aún no había pensado.

그리고 그는 지금까지 생각해 본 적 없는 새로운 두려움에 직면하게 되었다.

Avanzar más por este camino podría ser peligroso.

이런 식으로 더 나아가는 것은 위험할 수 있습니다.

Había pensado que simplemente se dejaría caer.

그는 그냥 스스로 무너져 내리도록 내버려 둘 생각이었다고 했다.

Pero sería un milagro si no se lesionara la cabeza.

하지만 그가 머리를 다치지 않는다면 기적일 것이다.

Ahora no era el momento de arriesgarse a perder el conocimiento.

지금은 의식을 잃을 위험을 감수할 때가 아니었다.

Quizás sería mejor quedarse en la cama después de todo.

어쩌면 그냥 침대에 누워 있는 게 나을지도 모르겠다.

Pero luego tuvo que hacer el mismo esfuerzo para regresar.

하지만 그는 돌아오기 위해서도 똑같은 노력을 기울여야 했다.

Después de todo ese esfuerzo él estaba tendido allí igual que antes.

그 모든 노력에도 불구하고 그는 이전과 마찬가지로 그 자리에 누워 있었다.

Y ahora sus piernas parecían incluso más enojadas que antes.

그리고 이제 그의 다리는 이전보다 훨씬 더 화가 난 것처럼 보였다.

Los movimientos de sus piernas se habían vuelto aún más incontrolables.

그의 다리 움직임은 더욱 제어할 수 없게 되었다.

No veía manera de salir de la situación en la que se encontraba.

그는 자신이 처한 상황에서 벗어날 방법이 없다고 생각했다.

De este caos no fue posible sacar la paz ni el orden.

이러한 혼돈 속에서 평화와 질서를 이끌어낼 수는 없었다.

Pero sabía que quedarse en la cama tampoco era una opción.

하지만 그는 침대에 계속 누워 있는 것도 선택지가 아니라는 것을 알고 있었다.

Sacrificarlo todo era la opción más sensata.

모든 것을 희생하는 것이 가장 현명한 선택이었다.

Se aferró a la más mínima esperanza de levantarse de la cama.

그는 침대에서 일어날 수 있을지도 모른다는 아주 작은 희망이라도 놓지 않았다.

Si lo hubiera conseguido, todo riesgo habría valido la pena.

그가 이것을 해낸다면, 모든 위험은 감수할 만한 가치가 있었을 것이다.

Pero al mismo tiempo también recordó algo más.

하지만 그는 동시에 다른 무언가도 기억해냈다.

"Mejores que decisiones desesperadas son reflexiones tranquilas."

"절박한 결정보다는 차분한 숙고가 낫다."

Con todo su esfuerzo centró su mirada en la ventana.

그는 온 힘을 다해 창문에 시선을 집중했다.

Pero lo que vio le trajo poca confianza y alegría.

하지만 그가 목격한 것은 별다른 희망이나 기쁨을 주지 못했다.

La niebla de la mañana cubría toda la estrecha calle.

아침 안개가 좁은 거리 전체를 뒤덮었다.

El despertador volvió a sonar; ahora eran las siete.

알람시계가 다시 울렸다. 이제 7시였다.

"Ya son las siete y todavía hay mucha niebla."

"벌써 7시인데 아직도 안개가 너무 심하네요."

Durante un rato permaneció en silencio, respirando débilmente.

그는 한동안 조용히 누워 희미하게 숨을 쉬었다.

Quizás un poco de quietud traería algo de normalidad.

어쩌면 약간의 고요함이 상황을 정상으로 되돌려 놓을지도 모릅니다.

Un silencio absoluto podría provocar las condiciones reales.

완전한 침묵이야말로 진정한 상황을 만들어낼 수 있다.

Pero antes de que el reloj volviera a sonar, rompió el silencio.

하지만 시계가 다시 울리기 전에 그는 침묵을 깼다.

"Antes de que el reloj vuelva a sonar, debo levantarme de la cama."

"시계가 다시 울리기 전에 침대에서 일어나야 해."

"Para entonces tengo que estar totalmente fuera de la cama."

"그때까지는 반드시 완전히 침대에서 일어나 있어야 해요."

"Después de las siete y cuarto la oficina enviará a alguien."

"7시 15분 이후에는 사무실에서 누군가를 보낼 것입니다."

"Porque la oficina abrió antes de las siete."

"사무실이 7시 전에 문을 열었기 때문입니다."

Y ahora empezó a balancear su cuerpo fuera de la cama.

그러자 그는 몸을 흔들며 침대에서 일어나기 시작했다.

Había abandonado el centrarse en la parte superior o inferior de su cuerpo.

그는 상체나 하체 중 어느 한쪽에 집중하는 것을 포기했다.

Todo el largo de su cuerpo tuvo que salir de la cama.

그는 몸 전체를 침대에서 빼내야 했다.

Caer de esa manera debería proteger su cabeza, pensó.

이렇게 떨어지면 머리는 보호될 거라고 그는 생각했다.

Había planeado levantar la cabeza cuando cayera al suelo.

그는 땅에 떨어질 때 고개를 들 계획이었다.

La parte posterior de su cuerpo parecía lo suficientemente dura para el impacto.

그의 뒷몸은 충격을 견딜 만큼 단단해 보였다.

Y la alfombra estaba allí para suavizar el aterrizaje.

그리고 카펫은 착지 충격을 완화하기 위해 깔려 있었습니다.

Sin embargo, su mayor preocupación era el fuerte ruido.

하지만 그의 가장 큰 걱정거리는 시끄러운 소음이었다.

El ruido estrepitoso asustaría a todos en la casa.

굉음은 집 안에 있는 모든 사람을 놀라게 할 것이다.

Quizás no les daría miedo el ruido fuerte.

어쩌면 그들은 시끄러운 소음을 두려워하지 않을지도 모릅니다.

Pero seguramente se preocuparían si oyeran eso.

하지만 그들이 이 소식을 듣게 된다면 분명 걱정할 것이다.

Pero había que correr el riesgo de llamar la atención.

하지만 관심을 끌 위험을 감수해야 했다.

El nuevo método era más un juego que un esfuerzo.

새로운 방식은 노력이라기보다는 게임에 가까웠다.

Tuvo que balancear su cuerpo con movimientos bruscos y espasmódicos.

그는 갑작스럽고 jerky한 움직임으로 몸을 흔들어야 했다.

Gregor ya estaba medio levantado de la cama.

그레고르는 이미 침대에서 반쯤 내려와 있었다.

Ahora se le ocurrió una idea nueva.

그때 문득 새로운 생각이 떠올랐다.

"Todo sería tan fácil si alguien viniera en mi ayuda."

"누군가 나를 도와준다면 모든 게 아주 쉬울 텐데."

"Dos personas fuertes serían suficientes."

"두 명의 건장한 사람이면 충분할 겁니다."

Su padre y la criada serían lo suficientemente fuertes.

그의 아버지와 하녀는 충분히 강할 것이다.

Sólo tendrían que deslizar los brazos bajo su espalda.

그들은 그의 등 아래로 팔을 집어넣기만 하면 될 것이다.

Y luego pudieron sacarlo fácilmente de la cama.

그러면 그들은 그를 침대에서 쉽게 끌어낼 수 있을 것이다.

Quizás habrían tenido que bajarle el peso poco a poco.

아마도 그들은 그의 체중을 서서히 줄여야 했을 것입니다.

Ojalá entonces las piernas hubieran encontrado su propósito.

그러면 다리가 제 역할을 찾았기를 바랍니다.

¿No sería mejor después de todo pedir ayuda?

"도움을 요청하는 게 더 낫지 않을까요?"

El problema, por supuesto, era que había cerrado las puertas.

물론 문제는 그가 문을 잠갔다는 것이었다.

Había algo en ese pensamiento que le hacía cosquillas.

그 생각에는 왠지 모르게 그의 흥미를 자극하는 부분이 있었다.

Y a pesar de sus dificultades, no pudo evitar esbozar una sonrisa.

그는 어려운 상황 속에서도 미소를 참을 수 없었다.

Ya estaba cerca de perder el equilibrio.

그는 이미 균형을 잃을 뻔했다.

Cada movimiento lo acercaba más a caerse de la cama.

그네를 탈 때마다 그는 침대에서 떨어질 위험에 점점 더 가까워졌다.

Pronto tendría que tomar la decisión final.

곧 그는 최종 결정을 내려야 할 순간이 왔다.

En cinco minutos serían las siete y cuarto.

5분 후면 7시 15분이 될 예정이었다.

Mientras pensaba estos pensamientos, sonó el timbre.

그가 이런 생각에 잠겨 있는 동안, 벨이 울렸다.

"Es alguien de la oficina", se dijo.

"저 사람은 회사 동료잖아." 그는 속으로 생각했다.

Y casi se quedó paralizado de miedo ante la visita.

그는 그 방문객 때문에 두려움에 얼어붙을 뻔했다.

Sus piernas bailaron aún más salvajemente que antes.

그의 다리는 이전보다 훨씬 더 격렬하게 움직였다.

Pero luego, por un momento, todo quedó en silencio.

하지만 그 순간, 모든 것이 고요해졌다.

"No abrirán la puerta", se dijo Gregor.

"그들은 문을 열어주지 않을 거야." 그레고르는 혼잣말을 했다.

Todavía estaba atrapado en una esperanza sin sentido.

그는 여전히 헛된 희망에 사로잡혀 있었다.

Pero luego, por supuesto, la criada se dirigió a la puerta.

그런데 그때, 당연히 하녀가 문으로 걸어갔습니다.

Y como siempre, le abrió la puerta al visitante.

그리고 늘 그랬듯이, 그녀는 방문객에게 문을 열어주었다.

A Gregor le bastó con oír el primer saludo del visitante.

그레고르는 방문객의 첫 인사말만 들어도 충분했다.

Pudo saber inmediatamente quién había venido a buscarlo.

그는 누가 자신을 찾아왔는지 바로 알아챌 수 있었다.

El propio jefe de oficina había venido a ver cómo estaba Samsa.

수석 서기가 직접 삼사의 상태를 확인하러 온 것이었다.

¿Por qué Gregor fue el único condenado a este destino?

어째서 그레고르만이 이런 운명에 처하게 된 걸까?

¿Por qué sólo él tuvo que servir en tal organización?

어째서 그만이 그런 조직에서 복무해야 했는가?

El más mínimo descuido despertaba inmediatamente sospechas.

아주 사소한 실수라도 즉시 의심을 불러일으켰다.

¿Todos los empleados que trabajaban allí eran unos sinvergüenzas?

거기 직원들은 모두 악당들이었나요?

¿No había entre ellos ninguna persona fiel y devota?

그들 중에 신실하고 헌신적인 사람은 단 한 명도 없었단 말인가?

¿No podrían haber enviado simplemente un aprendiz?

견습생 한 명을 보내면 되지 않았을까요?

¿Era realmente necesario todo este cuestionamiento?

이 모든 질문이 정말 필요했던 걸까요?

¿El representante autorizado tenía que venir personalmente?

대리인이 직접 와야 했나요?

¿Había que informar a toda la familia inocente?

아무 죄 없는 가족 모두에게 이 사실을 알려야 했나요?

Todas estas consideraciones impulsaron a Gregor a actuar.

이러한 모든 고려 사항들이 그레고르를 행동으로 이끌었습니다.

Se levantó de la cama con todas sus fuerzas.

그는 온 힘을 다해 침대에서 벌떡 일어났다.

Se escuchó un fuerte estallido, pero no era realmente un ruido.

큰 폭발음이 들렸지만, 그것은 사실 소음이 아니었다.

La caída había sido ligeramente suavizada por la alfombra.

카펫 덕분에 낙하 충격이 약간 완화되었다.

Su espalda era más elástica de lo que Gregor había pensado.

그의 등은 그레고르가 생각했던 것보다 훨씬 더 탄력적이었다.

Así que el sonido era más apagado y no tan perceptible.

그래서 소리가 더 둔탁해졌고, 그다지 눈에 띄지 않았습니다.

Pero no había cuidado su cabeza durante la caída.

하지만 그는 추락하는 동안 머리 관리를 제대로 하지 않았다.

Y cuando golpeó el suelo también se golpeó la cabeza.

그리고 그가 땅에 떨어지면서 머리도 부딪혔습니다.

Se frotó la cabeza contra la alfombra con rabia y dolor.

그는 분노와 고통에 휩싸여 카펫에 머리를 문질렀다.

Pero el gerente de la habitación de al lado escuchó el ruido.

하지만 바로 옆방의 매니저가 그 소음을 들었습니다.

"Algo cayó allí", observó correctamente.

"뭔가 안에 떨어졌네요." 그는 정확하게 지적했다.

Gregor intentó imaginarse al gerente en su situación.

그레고르는 감독이 자신의 입장에 처했을 때를 상상해 보려고 애썼다.

"¿Podría pasarle lo mismo a él?" se preguntó.

"그에게도 똑같은 일이 일어날 수 있을까?" 그는 생각했다.

Aceptó que este extraño acontecimiento pudiera ser posible.

그는 이러한 이상한 일이 일어날 가능성을 인정했다.

Y entonces el jefe de oficina dio unos pasos hacia la habitación.

그러자 수석 서기가 방으로 몇 걸음 다가갔다.

Fue casi una respuesta burda a la pregunta que hizo.

그것은 그가 던진 질문에 대한 다소 조잡한 대답이었다.

Sus botas de cuero crujieron cuando se acercó a la puerta.

그가 문으로 다가갈 때 가죽 부츠에서 삐걱거리는 소리가 났다.

Desde la habitación de su derecha su criada le susurró:

오른쪽 방에서 하녀가 그에게 속삭였다.

Gregor, el representante autorizado está aquí.

"공식 대리인인 그레고르가 여기 있습니다."

—Lo sé —dijo Gregor, pero sólo en voz baja, para sí mismo.

"알아요." 그레고르는 나지막이 혼잣말처럼 말했다.

No se atrevió a levantar la voz por encima de un susurro.

그는 감히 속삭이는 소리 이상으로 목소리를 높일 엄두를 내지 못했다.

Porque Gregor no quería que su hermana lo oyera.

그레고르는 여동생이 자신의 말을 듣는 것을 원치 않았기 때문이다.

—Gregor —dijo el padre desde la habitación de la izquierda.

"그레고르," 왼쪽 방에 있던 아버지가 말했다.

"El gerente ha venido a comprobar cuál es el problema".

"매니저가 무슨 문제인지 확인하러 왔습니다."

"Él te preguntó por qué no saliste en el tren temprano."

"그는 왜 일찍 오는 기차를 타지 않았냐고 물었어요."

"No sabemos qué decirle", dijo el padre.

"우리는 그에게 뭐라고 말해야 할지 모르겠어요." 아버지가 말했다.

"Por cierto, también quiere hablar contigo personalmente."

"참고로, 그분도 당신과 개인적으로 이야기하고 싶어 하십니다."

"Por favor, abre la puerta para que pueda hablar contigo."

"문을 열어주세요. 그분이 당신과 이야기할 수 있도록."

"Tendrá la amabilidad de disculpar el desorden en la habitación".

"그는 방이 어질러져 있는 것을 너그럽게 이해해 줄 겁니다."

"Buenos días, señor Samsa", le saludó el gerente.

"좋은 아침입니다, 삼사 씨." 매니저가 그를 불렀다.

Y ciertamente le habló de manera amistosa.

그리고 그는 분명히 그에게 우호적인 어조로 이야기했습니다.

"No está bien", le dijo la madre al gerente.

"아이가 몸이 안 좋아요." 어머니가 매니저에게 말했다.

"No se encuentra bien en absoluto, créame, querido gerente."

"그는 전혀 괜찮지 않아요, 매니저님. 제 말을 믿어주세요."

¿Por qué si no, Gregor perdería el tren de la mañana?

"그렇지 않고서야 그레고르가 아침 기차를 놓쳤을 리가 있겠어요?"

"El chico no tiene nada en la cabeza excepto el negocio."

"그 아이는 사업 생각밖에 안 하고 있어요."

"Casi me molesta que no haga nada más".

"그가 다른 일은 전혀 하지 않는다는 게 거의 짜증 나네요."

"Me gustaría que saliera por las noches a tomar aire fresco".

"그가 저녁에 신선한 공기를 쐬러 나갔으면 좋겠어요."

"Estuvo en la ciudad ocho días por negocios."

"그는 업무차 8일 동안 도시에 머물렀습니다."

"Pero él estaba en casa todas esas noches"

"하지만 그는 그 저녁마다 집에 있었어요."

"Se sienta en nuestra mesa y lee el periódico".

"그는 우리 테이블에 앉아서 신문을 읽어요."

"En otras ocasiones, estudia los horarios de los trenes."

"다른 때에는 그는 기차 시간표를 공부합니다."

"A veces se mantiene ocupado con la carpintería".

"그는 가끔 목공일을 하면서 시간을 보내기도 합니다."

"Por ejemplo, talló un pequeño marco de madera para cuadros".

"예를 들어, 그는 작은 나무 액자를 조각했습니다."

"Estuvo ocupado con la sierra durante dos o tres tardes".

"그는 이틀이나 사흘 저녁 동안 톱질에 열중했다."

"Te sorprenderá lo bonito que es el marco de fotos".

"액자가 얼마나 예쁜지 보시면 깜짝 놀라실 거예요."

"Ha colgado el marco de fotos en su habitación."

"그는 액자를 자기 방에 걸어 놓았습니다."

"Cuando abra la puerta veréis su carpintería."

"그가 문을 열면 그의 목공예 솜씨를 볼 수 있을 겁니다."

"Por cierto, me alegro de que esté aquí, señor Prokurist".

"그런데, 프로쿠리스트 씨, 와주셔서 정말 기쁩니다."

"Solos no habríamos podido lograr que Gregor abriera la puerta."

"우리 혼자서는 그레고르가 문을 열도록 할 수 없었을 겁니다."

"Es muy terco", le confesó su madre al empleado.

"아이가 너무 고집이 세요." 어머니가 점원에게 털어놓았다.

"Ciertamente está enfermo, aunque antes lo negó".

"그는 전에는 부인했지만, 분명히 몸이 좋지 않다."

"Estaré allí enseguida", dijo Gregor lentamente y con cuidado.

"금방 갈게요." 그레고르는 천천히 조심스럽게 말했다.

Pero no hizo ningún movimiento hacia la puerta de la habitación.

하지만 그는 방 문 쪽으로 아무런 움직임도 보이지 않았다.

No quería perderse ni una palabra de la conversación.

그는 대화의 한 마디도 놓치고 싶지 않았다.

El secretario jefe estuvo de acuerdo con la evaluación de la madre.

수석 서기는 어머니의 평가에 동의했다.

-Tampoco puedo explicarlo de otra manera, señora.

"저도 달리 설명드릴 방법이 없네요, 부인."

"Esperemos que no tenga ninguna enfermedad grave", dijo.

"그가 심각한 병에 걸리지 않았기를 모두 함께 바라봅시다."라고 그는 말했다.

"Por otro lado, es un peligro en nuestra industria".

"반면에, 그것은 우리 업계의 위험 요소입니다."

"Nosotros, los empresarios, a menudo tenemos que superar el malestar."

"우리 사업가들은 종종 불편함을 극복해야 합니다."

"Los profesionales simplemente tienen que aguantar los dolores leves".

"전문가라면 사소한 고통은 감수해야 한다."

Mientras tanto su padre volvió a llamar a la otra puerta.

그러는 동안 그의 아버지는 다시 다른 문을 두드렸다.

"¿Puede entrar ahora el jefe de oficina?" quiso saber.

"수석 서기님 지금 들어오실 수 있나요?" 그가 물었다.

"No, no puede", respondió Gregor a la pregunta de su padre.

"아니요, 그럴 수 없어요." 그레고르는 아버지의 질문에 이렇게 대답했다.

Un silencio incómodo cayó en la habitación de la izquierda.

왼쪽 방에는 어색한 침묵이 흘렀다.

En la habitación de la derecha la hermana comenzó a sollozar.

오른쪽 방에서 여동생이 흐느껴 울기 시작했다.

¿Por qué la hermana no se había ido a estar con los demás?

왜 여동생은 다른 사람들과 함께 가지 않았을까?

Probablemente acababa de levantarse de la cama, pensó.

그녀는 아마 방금 침대에서 일어났을 거라고 그는 생각했다.

Es posible que ni siquiera haya empezado a vestirse todavía.

그녀는 아직 옷을 입기 시작도 안 했을지도 몰라.

Pero Gregor no podía entender por qué ella lloraba.

하지만 그레고르는 그녀가 왜 우는지 이해할 수 없었다.

¿Fue porque no se levantó y dejó entrar al gerente?

그가 일어나서 매니저를 들여보내지 않았기 때문인가요?

¿Fue porque estaba en peligro de perder su trabajo?

그가 직장을 잃을 위험에 처했기 때문이었나요?

¿Podría el jefe venir a buscar a los padres como antes?

사장님이 예전처럼 부모님을 괴롭힐까요?

¿Iba a volver a hacerles las mismas exigencias de siempre?

그는 예전처럼 그들에게 똑같은 요구를 하려는 걸까?

Estas cosas probablemente no hacían que hubiera que preocuparse.

이런 것들은 아마 걱정할 필요가 없었을 거예요.

Por el momento no tenía motivos para llorar.

당분간 그녀가 울 이유는 없었다.

Gregor todavía estaba allí, manteniendo a la familia.

그레고르는 여전히 이곳에 남아 가족을 부양하고 있었다.

Y nunca tuvo intención de abandonar a la familia.

그는 가족을 떠날 생각이 전혀 없었다.

Por el momento, simplemente permaneció tendido sobre la alfombra.

그는 당분간 카펫 위에 그냥 누워 있었다.

La familia desconocía la condición en la que se encontraba.

가족들은 그의 상태를 알지 못했다.

Si lo hubieran sabido no habrían animado a su jefe.

그들이 알았더라면 그의 상사를 부추기지 않았을 것이다.

Ni siquiera habrían dejado entrar al gerente a la casa.

그들은 매니저조차 집에 들어오지 못하게 했을 거예요.

No habría sido particularmente grosero rechazarlo.

그를 돌려보내는 것이 특별히 무례한 행동은 아니었을 것이다.

Fácilmente podría haber encontrado una excusa adecuada más tarde.

그는 나중에 얼마든지 적절한 변명을 찾을 수 있었을 것이다.

No era algo por lo que lo hubieran podido despedir.

그건 그가 해고될 만한 사유가 아니었다.

Gregor pensó que ahora sería más sensato que lo dejaran solo.

그레고르는 이제 혼자 있는 게 더 현명할 거라고 생각했다.

Molestarlo con llantos y conversaciones no sirvió de mucho.

울고 떠들어대는 건 별 소용이 없었다.

Pero fue la incertidumbre lo que molestó a los demás.

하지만 다른 사람들을 괴롭힌 것은 바로 불확실성이었다.

Y fue esta incertidumbre la que justificó su comportamiento.

그리고 바로 이러한 불확실성이 그들의 행동을 정당화시켜 주었다.

—¡Señor Samsa! —gritó el gerente en voz alta.

"삼사 씨!" 매니저가 목소리를 높여 불렀다.

"¿Qué te pasa?" quiso saber.

"너 왜 그래?" 그가 묻고 싶어했다.

"Te has atrincherado en tu habitación."

"당신은 방에 틀어박혀 있군요."

"Solo puedes responder con un 'sí' o un 'no'."

"'예' 또는 '아니오' 중 하나만 답해 주십시오."

"Estás causando serias preocupaciones a tus padres."

"너는 부모님께 심각한 걱정을 안겨드리고 있어."

"No veo ninguna buena razón para preocuparlos".

"그들을 걱정시킬 만한 타당한 이유를 모르겠네요."

"Hay otra cosa más que mencionaré de paso."

"한 가지 더 말씀드릴 것이 있습니다."

"También estás descuidando tus obligaciones comerciales hacia nosotros".

"당신은 우리에 대한 업무상 의무를 소홀히 하고 있습니다."

"Esa irresponsabilidad está totalmente fuera de tu carácter".

"그런 무책임한 행동은 당신답지 않아요."

"Hablo aquí en nombre de tus padres y de tu jefe".

"저는 당신의 부모님과 상사를 대신하여 이 자리에 섰습니다."

"Y os pido una explicación inmediata y clara."

"즉각적이고 명확한 설명을 요구합니다."

"Todo esto realmente me sorprende, debo decir".

"이 모든 일이 정말 놀랍네요."

"Pensé que te conocía como una persona tranquila y razonable."

"저는 당신이 차분하고 합리적인 사람이라고 알고 있었어요."

"Pero ahora nos estás mostrando un lado diferente de ti".

"하지만 지금 당신은 우리에게 당신의 다른 면모를 보여주고 있네요."

"De repente estás mostrando tus caprichos tan peculiares."

"갑자기 당신은 아주 특이한 변덕을 드러내고 있군요."

"Pero podría haber una explicación para tu fracaso".

"하지만 당신의 실패에는 이유가 있을지도 모릅니다."

"El jefe mencionó una deuda que usted había cobrado para nosotros."

"사장님께서 당신이 우리 회사를 위해 받아낸 채무에 대해 말씀하셨어요."
"Le di al jefe mi palabra de honor en tu nombre".
"사장님께 당신을 위해 제 명예를 걸고 약속했습니다."
"Pero ahora veo tu incomprensible terquedad."
"하지만 이제야 당신의 이해할 수 없는 고집을 알겠네요."
"Aún podría perder todo mi deseo de ayudarte."
"내가 당신을 돕고 싶은 마음을 완전히 잃을지도 몰라요."
"Su seguridad laboral no es en absoluto totalmente estable".
"당신의 직업 안정성은 결코 완전히 안정적이지 않습니다."
"Originalmente tenía la intención de contarte todo esto en privado".
"원래는 이 모든 걸 너에게 개인적으로 이야기하려고 했어."
"Pero ahora veo que quieres que pierda mi tiempo aquí".
"하지만 이제 보니 당신은 내가 여기서 시간을 낭비하길 바라시는군요."
"Así que no veo ninguna razón por la que tus padres no deberían saberlo."
"그러니 부모님께서 모르실 이유가 없다고 생각합니다."
"Su desempeño reciente no ha sido satisfactorio."
"귀하의 최근 업무 성과는 만족스럽지 못합니다."
"Reconozco que las ventas son más lentas en esta época del año".
"연말에 매출이 저조한 것은 사실입니다."
"Pero no hay época del año en que no haya ventas".
"하지만 일 년 중 세일이 없는 시기는 없습니다."
Por un momento Gregor olvidó todo lo que le rodeaba.
그 순간 그레고르는 주변의 모든 것을 잊었다.
—¡Pero señor Prokurist! —gritó Gregor desesperado.
"하지만 프로쿠리스트 씨," 그레고르는 절망에 찬 목소리로 외쳤다.

"Abriré la puerta enseguida, ahora mismo, no te preocupes."

"제가 지금 바로 문을 열어드릴게요, 걱정하지 마세요."

"El problema es que me he estado sintiendo bastante mal."

"문제는 제가 몸 상태가 꽤 좋지 않다는 것입니다."

"Mi mareo me impidió llegar a la puerta."

"어지럼증 때문에 문까지 갈 수 없었어요."

"Todavía estoy en cama, pero me siento mucho mejor."

"아직 침대에 누워있지만 훨씬 나아진 것 같아요."

"Un momento por favor, me estoy levantando de la cama."

"잠시만 기다려 주세요. 지금 막 침대에서 일어났어요."

"Un momento de paciencia es todo lo que pido, señor
Prokurist."

"프로쿠리스트 씨, 잠시만 기다려 주시면 됩니다."

"No va tan bien como pensaba, pero estaré bien".

"생각했던 것만큼 잘 풀리지는 않지만, 괜찮을 거예요."

"¿Cómo puede sucederle algo así a una persona tan
rápidamente?"

"어떻게 그런 일이 사람에게 그렇게 빨리 일어날 수 있죠?"

"Me sentí bien anoche, mis padres lo saben."

"어젯밤엔 괜찮았어요. 부모님도 아시잖아요."

"Pero quizá ya tuve una pequeña premonición entonces."

"하지만 어쩌면 그때 이미 어느 정도 예감이 들었을지도
모르겠어요."

"Quizás te preguntes por qué no lo reporté en la oficina".

"왜 사무실에 보고하지 않았냐고 물으실 수도 있겠죠."

"Pensé que me sentiría mucho mejor por la mañana".

"내일 아침에는 훨씬 기분이 나아질 거라고 생각했어요."

"Uno siempre piensa que para entonces ya habrá superado la
enfermedad."

"사람들은 늘 그때쯤이면 병을 이겨냈을 거라고 생각하죠."

"¡Pero por favor! ¡Libera a mis padres de estas acusaciones!"

"하지만 제발! 저희 부모님께 이런 비난을 하지 말아 주세요!"

"No me han dicho ni una palabra de lo que me contaste."

"당신이 내게 말한 내용에 대해선 한 마디도 듣지 못했어요."

"Puede que no hayas leído las últimas órdenes que envié".

"당신은 제가 보낸 최근 지시사항을 읽어보지 않았을 수도 있습니다."

"Por cierto, no tienes que preocuparte por mí hoy."

"참, 오늘은 저 때문에 걱정하실 필요 없어요."

"Aun así voy a tomar el tren de las ocho."

"저는 여전히 8시 기차를 탈 거예요."

"Las pocas horas de descanso me han fortalecido bastante".

"짧은 휴식 덕분에 기력이 충분히 회복됐습니다."

"Realmente no hay necesidad de esperar, gerente."

"매니저님, 기다리실 필요 전혀 없습니다."

"Yo también estaré en la oficina muy pronto."

저도 곧 사무실에 복귀할 예정입니다.

"Y por favor, ten la amabilidad de decirme algo bueno".

"그리고 부디 저를 위해 좋은 말씀 한 말씀 부탁드립니다.."

Gregor había pronunciado su explicación con bastante precipitación.

그레고르는 설명을 꽤 성급하게 내뱉었다.

Apenas sabía lo que realmente estaba tratando de decir.

그는 자신이 정말로 무슨 말을 하려고 하는지 거의 알지 못했다.

Se acercó a la caja y trató de usarla para ponerse de pie.

그는 상자로 가서 그것을 잡고 일어서려고 했다.

Realmente tenía toda la intención de abrir la puerta.

그는 정말로 문을 열 생각이었어.

Quería ser visto por el representante autorizado.

그는 권한 있는 대리인을 만나고 싶어했습니다.

Y quería resolver el problema con él personalmente.

그리고 그는 그 문제를 그와 직접 해결하고 싶어했습니다.

Estaba ansioso por saber cómo reaccionarían los demás ante él.

그는 다른 사람들이 자신에게 어떻게 반응할지 몹시 궁금해했다.

Ya deben estar ansiosos por ver cómo está.

그들도 이제 그의 근황이 궁금해 죽을 지경일 것이다.

Había dos formas posibles en las que podían reaccionar ante él.

그들이 그에게 반응할 수 있는 방법은 두 가지였다.

Una posibilidad era que estuvieran asustados.

한 가지 가능성은 그들이 겁을 먹을 수도 있다는 것이었다.

Si estaban asustados entonces él no tenía ninguna responsabilidad.

그들이 두려워했다면 그는 아무런 책임이 없다.

Y entonces no tendría que preocuparse por la situación.

그러면 그는 그 상황에 대해 걱정할 필요가 없을 것이다.

Pero también había otra posibilidad en la que pensar.

하지만 고려해 볼 만한 또 다른 가능성도 있었습니다.

Quizás aceptarían con calma su forma de ser.

어쩌면 그들은 그의 있는 그대로의 모습을 차분히 받아들일지도 모른다.

Entonces Gregor tampoco tendría motivos para enojarse.

그렇다면 그레고르도 화를 낼 이유가 없을 것이다.

Todavía habría tiempo suficiente para coger el tren.

기차를 탈 시간은 충분히 있을 겁니다.

Sin embargo, mantenerse en pie no fue una tarea fácil.

하지만 똑바로 서 있는 것 자체가 결코 쉬운 일은 아니었다.

En sus primeros intentos se resbaló de la caja.

처음 몇 번 시도했을 때 그는 상자에서 미끄러져 떨어졌다.

La caja era demasiado lisa para que él pudiera apoyarse contra ella.

상자 표면이 너무 매끄러워서 그는 기대어 설 수 없었다.

Y finalmente se dio un último empujón para ponerse de pie.

그리고 마침내 그는 마지막 힘을 다해 일어섰다.

Ya no le prestó más atención al dolor en su abdomen.

그는 더 이상 복부의 통증에 신경 쓰지 않았다.

No importaba cuánto dolor sintiera, él lo superaría.

아무리 고통스러워도 그는 이겨낼 것이다.

Se dejó caer contra el respaldo de una silla cercana.

그는 근처 의자 등받이에 털썩 주저앉았다.

Y se agarró a los bordes con sus pequeñas piernas.

그리고 그는 작은 다리로 가장자리를 붙잡고 있었다.

En ese momento ya tenía más control de sí mismo.

그는 이때쯤 자신을 더 잘 통제할 수 있게 되었다.

Y su caída fue más silenciosa que la anterior.

그리고 그의 몰락은 이전의 몰락보다 더 조용했다.

Porque tenía que escuchar lo que decía el gerente.

그는 매니저의 말을 들어야 했기 때문이다.

¿Entendieron algo de eso?, preguntó a los padres.

"방금 말씀하신 내용을 이해하셨나요?" 그가 부모에게 물었다.

"No se burlaría de nosotros, ¿verdad?"

"그가 우리를 바보로 만들진 않겠지?"

—¡Por Dios! —gritó la madre, ya llorando.

"제발," 어머니는 이미 울먹이며 소리쳤다.

**"Puede que esté gravemente enfermo y lo estamos
atormentando".**

"그는 심각한 병에 걸렸을지도 모르는데 우리가 그를 괴롭히고
있는 겁니다."

"¡Grete! ¡Grete!", le gritó a la hija.

"그레테! 그레테!" 그녀는 딸에게 소리쳤다.

"¿Mamá?" llamó la hermana desde el otro lado.

"어머니?" 여동생이 반대편에서 불렀다.

Luego se comunicaron a través de la habitación de Gregor.

그들은 그레고르의 방을 통해 소통했다.

Gregor está muy enfermo y necesita medicamentos.

"그레고르는 많이 아파서 약을 먹어야 해요."

"Tendrás que ir al médico inmediatamente."

"즉시 병원에 가셔야 합니다."

¿Escuchaste cómo habló Gregor hace un momento?

"그레고르가 방금 말하는 거 들었어?"

"Esa era la voz de un animal", dijo el gerente.

"그건 마치 동물의 목소리 같았어요."라고 매니저가 말했다.

Sus palabras eran silenciosas comparadas con los gritos de la madre.

어머니의 비명 소리에 비하면 그의 말은 조용했다.

—¡Anna! ¡Anna! —llamó el padre desde la antesala.

"안나! 안나!" 아버지가 대기실을 통해 불렀다.

Y aplaudió para llamar su atención.

그는 그들의 주의를 끌기 위해 손뼉을 쳤다.

"¡Llama a un cerrajero inmediatamente!" le ordenó a la criada.

"당장 열쇠공을 불러와!" 그는 하녀에게 명령했다.

Las muchachas, con sus faldas, corrían por la antesala.

치마를 입은 소녀들이 대기실을 가로질러 뛰어갔다.

Y sus faldas crujieron mientras corrían frente a su habitación.

그들이 그의 방 앞을 지나갈 때 치마 자락이 바스락거렸다.

"¿Cómo se vistió la hermana tan rápido?" pensó.

"여동생은 어떻게 그렇게 빨리 옷을 입었지?" 그는 생각했다.

La puerta se abrió de golpe, pero no se cerró de golpe.

문은 뜯겨 나갔지만, 쾅 닫히지는 않았다.

Esto es común en los hogares donde ocurre una gran desgracia.

이는 큰 불행이 닥친 가정에서 흔히 볼 수 있는 현상입니다.

Pero todo esto había hecho que Gregor se volviera mucho más tranquilo.

하지만 이 모든 일 덕분에 그레고르는 훨씬 차분해졌다.

Cuando escuchó sus propias palabras le parecieron claras.

그는 자신의 말을 듣고 나서야 그 내용이 명확하게 이해되는
듯했다.

De hecho, sintió que sus palabras habían sido más claras.

사실 그는 자신의 말이 오히려 더 명확해졌다고 느꼈다.

Pero los demás ya no entendían lo que decía.

하지만 다른 사람들은 더 이상 그가 무슨 말을 하는지 이해하지
못했다.

Quizás ya se había acostumbrado a sus oídos.

아마도 그는 이제 자신의 귀에 익숙해졌을 것이다.

Pero al menos ahora entendían mejor su situación.

하지만 적어도 이제 그들은 그의 상황을 더 잘 이해하게 되었다.

Se dieron cuenta de que realmente había algo mal con él.

그들은 그에게 정말 뭔가 문제가 있다는 것을 깨달았다.

Y ahora estaban haciendo todo lo que podían para ayudarlo.

그리고 그들은 이제 그를 돕기 위해 할 수 있는 모든 것을 다하고
있었다.

**Esto le dio a Gregor una sensación de confianza que le
faltaba.**

이로써 그레고르는 그동안 부족했던 자신감을 얻었다.

Y se sintió nuevamente mucho más seguro en la familia.

그리고 그는 가족 안에서 훨씬 더 안정감을 느꼈습니다.

Se sintió incluido nuevamente en el círculo humano.

그는 자신이 다시 인간관계의 일원으로 받아들여졌다고 느꼈다.

**Ahora tenía que esperar que el cerrajero pudiera abrir la
puerta.**

이제 그는 열쇠공이 문을 열어주기를 바랄 수밖에 없었다.

Y esperaba que el médico pudiera realizar tales tareas.

그리고 그는 의사가 그러한 일들을 수행할 수 있기를 바랐다.

Pronto tendría que hablar más.

그는 조만간 다시 말을 많이 해야 할 것이다.

Su voz tendría que ser lo más clara posible.

그의 목소리는 최대한 또렷해야 했다.

Para prepararse para la reunión se aclaró la garganta.

그는 회의 준비를 위해 목을 가다듬었다.

Sin embargo, hizo todo lo posible para toser muy silenciosamente.

하지만 그는 최대한 조용히 기침하려고 애썼다.

El ruido podría haber sonado diferente a una tos humana.

그 소리는 사람의 기침 소리와는 다르게 들렸을 수도 있습니다.

Sabía que ya no podía diferenciar esas cosas.

그는 더 이상 그런 것들을 구분할 수 없다는 것을 알았다.

En la habitación contigua reinaba un silencio absoluto.

옆방은 완전히 조용해졌다.

Los padres probablemente estaban sentados a la mesa.

부모님은 아마 식탁에 앉아 계셨을 겁니다.

Quizás estaban susurrando con el gerente.

그들은 매니저와 속삭였을지도 모릅니다.

Quizás todos estaban apoyados en la puerta y escuchando.

어쩌면 모두가 문에 기대어 듣고 있었을지도 몰라.

Gregor empujó lentamente la silla hacia la puerta.

그레고르는 천천히 의자를 문 쪽으로 밀었다.

Empujó la puerta y se mantuvo en pie.

그는 문을 밀어붙이며 몸을 똑바로 세웠다.

Se enteró de que las almohadillas de sus pies tenían un poco de pegamento.

그는 발바닥에 약간의 접착 성분이 있다는 것을 알게 되었다.

Y descansó allí un momento del esfuerzo.

그는 힘든 일을 마치고 잠시 그곳에서 쉬었다.

Después de descansar lo suficiente, comenzó con la siguiente tarea.

충분히 휴식을 취한 그는 다음 작업에 착수했다.

Empezó a girar la llave en la cerradura con la boca.

그는 입으로 자물쇠에 열쇠를 돌리기 시작했다.

Desafortunadamente, parecía que no tenía dientes reales.

불행히도, 그는 실제로 이빨이 없는 것 같았다.

¿Pero qué otra forma tenía de conseguir las llaves?

하지만 그가 열쇠를 손에 넣을 다른 방법이 있었을까요?

Afortunadamente para él, sus mandíbulas eran, por supuesto, muy fuertes.

다행히도 그의 턱은 매우 강했다.

Con la ayuda de sus mandíbulas realmente consiguió mover la llave.

그는 턱을 이용해 열쇠를 정말로 움직이게 만들었다.

No tenía ninguna duda de que él también se estaba haciendo daño.

그는 자신이 스스로에게도 해를 끼치고 있다는 사실을 조금도 의심하지 않았다.

Porque de su boca salía un líquido marrón.

그의 입에서 갈색 액체가 나오고 있었기 때문입니다.

El líquido marrón fluyó sobre la llave y por la puerta.

갈색 액체가 열쇠 위로 흘러내려 문 아래로 떨어졌다.

Pero a Gregorio no le importaba hacerse daño a sí mismo.

하지만 그레고르는 자신이 스스로에게 해를 끼치고 있다는 사실을 신경 쓰지 않았다.

"¿Puedes oír eso?" dijo el gerente en la habitación de al lado.

"저 소리 들리세요?" 옆방에서 매니저가 말했다.

"Está girando la llave", había notado el gerente.

"그가 열쇠를 돌리고 있잖아." 매니저가 알아챘다.

Estas palabras fueron un gran estímulo para Gregor.

이 말들은 그레고르에게 큰 격려가 되었습니다.

Pero el padre y la madre también deberían haber gritado:

하지만 아버지와 어머니도 이렇게 외쳤어야 했습니다.

«¡Bien, Gregor!», deberían haberle gritado.

"잘했어, 그레고르!"라고 그들은 그에게 소리쳤어야 했다.

"Sigue adelante, sigue girando esa llave, puedes lograrlo".

"계속해, 계속 열쇠를 돌려봐, 넌 할 수 있어."

Pero Gregor tuvo que imaginarse su emoción.

하지만 그레고르는 그들의 흥분을 상상해야만 했다.

Apretó las mandíbulas con toda la fuerza que tenía.

그는 있는 힘을 다해 이를 악물었다.

Y continuó girando la llave en la cerradura.

그는 계속해서 자물쇠 안에서 열쇠를 이리저리 돌렸다.

Dolorosamente su cuerpo se retorció en un círculo.

고통스럽게 그의 몸은 빙글빙글 돌았다.

Ahora se mantenía erguido únicamente con la boca.

그는 이제 입으로만 몸을 지탱하고 있었다.

Para seguir girando la llave presionó contra la puerta.

열쇠를 계속 돌리려고 그는 문에 힘을 주었다.

Finalmente el chasquido de la cerradura despertó de nuevo a Gregor.

마침내 자물쇠가 딸깍 소리를 내며 잠에서 깬 그레고르.

"Así que no necesité al cerrajero", suspiró aliviado.

"그래서 열쇠공이 필요 없었네." 그는 안도의 한숨을 쉬었다.

Ahora sólo faltaba abrir la puerta que había desbloqueado.

이제 그는 잠금 해제해 둔 문을 열기만 하면 됐다.

Y con la cabeza en el pomo abrió la puerta.

그는 머리를 손잡이에 얹고 문을 열었다.

Estaba detrás de la puerta que daba a su habitación.

그는 자기 방으로 통하는 문 뒤에 있었다.

Así que la puerta ya estaba abierta antes de que pudiera ser visto.

그래서 그가 모습을 드러내기 전에 문은 이미 열려 있었다.

A continuación tuvo que maniobrar para rodear la puerta.

다음으로 그는 문 주변을 조심스럽게 돌아가야 했다.

Este difícil movimiento también requirió mucho esfuerzo.

이 어려운 이동에는 많은 노력이 필요했습니다.

No quería caer torpemente en la habitación contigua.

그는 어색하게 옆방으로 넘어지고 싶지 않았다.

Así que no tuvo tiempo de prestar atención a nada más.

그래서 그는 다른 것에 신경 쓸 시간이 없었다.

Pero entonces oyó al jefe de oficina exclamar en voz alta: "¡Oh!".

그런데 그때 그는 수석 서기가 큰 소리로 "오!"라고 외치는 소리를 들었다.

Sonaba como si el viento corriera a través de la casa.

마치 바람이 집 안으로 세차게 불어오는 소리 같았다.

Resultó que él era el que estaba más cerca de la puerta.

그는 마침 문에 가장 가까이 있던 사람이었다.

Y al verlo, se llevó la mano a la boca.

그를 보자 그는 손으로 입을 가렸다.

Se movió lentamente hacia atrás, alejándose de Gregor.

그는 천천히 그레고르에게서 멀어지며 뒤로 물러섰다.

Pero era como si una fuerza invisible actuara sobre él.

하지만 마치 보이지 않는 힘이 그에게 작용하는 것 같았다.

Lo primero que hizo la madre fue mirar al padre.

어머니가 제일 먼저 한 일은 아버지를 쳐다보는 것이었다.

A pesar de la presencia del gerente, su cabello estaba despeinado.

매니저가 옆에 있었음에도 불구하고 그녀의 머리는 헝클어져 있었다.

Desplegó los brazos y dio dos pasos hacia adelante.

그녀는 팔짱을 풀고 두 걸음 앞으로 나섰다.

Pero entonces se desplomó en medio de su falda.

그런데 그때 그녀는 치마 자락에 쓰러지고 말았다.

Su vestido se extendió a su alrededor en el suelo.

그녀의 드레스가 바닥에 사방으로 펼쳐졌다.

Y su cabeza desapareció sobre sus propios pechos.

그리고 그녀의 머리는 자신의 가슴 위로 사라졌다.

El padre apretó el puño con expresión hostil.

아버지는 적대적인 표정으로 주먹을 꽉 쥐었다.

Parecía querer que Gregor fuera empujado de nuevo a su habitación.

그는 그레고르를 다시 방으로 밀어 넣고 싶어하는 것 같았다.

Luego miró con incertidumbre alrededor de la sala de estar.

그는 불안한 듯 거실을 둘러보았다.

Y finalmente se cubrió los ojos entre las manos.

그리고 마침내 그는 두 손으로 눈을 가렸다.

Y lloró amargamente hasta que su poderoso pecho se estremeció.

그는 가슴이 떨릴 때까지 서럽게 울었다.

Gregor en realidad no entró en su habitación.

사실 그레고르는 그들의 방에 전혀 들어가지 않았다.

En lugar de eso, se apoyó contra el marco de la puerta.

그는 대신 문틀에 기대섰다.

Para los que estaban desde fuera solo era visible la mitad de su cuerpo.

바깥 사람들에게는 그의 몸의 절반만 보였다.

Y encima de su cuerpo estaba su cabeza, inclinada hacia un lado.

그리고 그의 몸 위에는 옆으로 기울어진 그의 머리가 놓여 있었다.

Para entonces la luz se había vuelto mucho más brillante que antes.

이제 빛은 이전보다 훨씬 더 밝아졌다.

Ahora se podía ver claramente el otro lado de la calle.

이제 길 건너편이 확실히 보였다.

Apareció una sección del interminable y gris hospital.

끝없이 펼쳐진 회색빛 병원의 한 부분이 모습을 드러냈다.

La lluvia de la mañana aún no había parado del todo de caer.

아침비는 아직 완전히 그치지 않았다.

Pero ahora las gotas de lluvia eran más grandes y estaban más separadas.

하지만 이제 빗방울은 더 커졌고, 간격도 더 넓어졌다.

Los platos del desayuno estaban en abundancia en la mesa.

아침 식사 메뉴가 테이블 위에 푸짐하게 차려져 있었다.

El padre pensaba que el desayuno era la comida más importante.

아버지는 아침 식사를 가장 중요한 식사라고 생각했다.

El desayuno era una comida que se prolongaba durante horas.

그는 아침 식사를 몇 시간씩 질질 끌며 먹었다.

Y en esas horas leía los distintos periódicos.

그는 이 시간 동안 여러 신문을 읽었다.

Justo en la pared opuesta colgaba una fotografía de Gregor.

바로 맞은편 벽에는 그레고르의 사진이 걸려 있었다.

La fotografía en la pared lo mostraba como teniente.

벽에 걸린 사진 속 그는 중위였다.

Era una fotografía de su época en el ejército.

그 사진은 그가 군 복무 시절에 찍은 것이었다.

Su mano estaba sobre su espada y tenía una sonrisa despreocupada.

그는 검에 손을 얹고 태평스러운 미소를 짓고 있었다.

Su postura y su uniforme exigían cierto respeto.

그의 자세와 제복은 존경심을 불러일으켰다.

La otra puerta que conducía a la antesala también estaba abierta.

대기실로 통하는 다른 문도 열려 있었다.

Y la puerta del apartamento todavía estaba abierta también.

그리고 아파트 문도 여전히 열려 있었다.

Se podía ver hasta el patio delantero del apartamento.

아파트 앞마당까지 훤히 보였다.

Y luego las escaleras conducían a la calle de abajo.

그리고 계단은 아래쪽 거리로 이어져 있었다.

Gregor fue el único que mantuvo la compostura.

그레고르만이 유일하게 침착함을 유지했다.

Él vio esto, por lo que la conversación era su responsabilidad.

그는 이 상황을 목격했으므로, 그 대화에 대한 책임은 그에게 있었다.

"Bueno, ahora me voy a vestir para ir a trabajar", dijo.

"자, 이제 출근 준비를 해야겠네요."라고 그가 말했다.

"Después de haber empaquetado las muestras textiles, me iré."

"원단 샘플을 포장하고 나서 출발하겠습니다."

"¿Aún tiene intención de dispararme, señor Prokurist?"

"프로쿠리스트 씨, 아직도 저를 해고하실 생각이십니까?"

"Como puedes ver, no soy tan terco como pensabas."

"보시다시피 저는 당신이 생각했던 것만큼 고집스럽지 않습니다."

"Y puedes ver que después de todo me gusta trabajar".

"그리고 보시다시피, 저는 결국 일하는 걸 좋아합니다."

"Puedo admitir que viajar por trabajo no es fácil".

"업무 출장이 쉽지 않다는 것을 인정합니다."

"Pero también puedo aceptar que es parte de mi trabajo".

"하지만 그것 또한 제 업무의 일부라는 것을 받아들일 수 있습니다."

"Gerente, ¿adónde va? ¿De vuelta a la oficina?"

"매니저님, 어디 가세요? 사무실로 돌아가시는 건가요?"

"¿Informarás verazmente de todo lo que has visto?"

"당신은 목격한 모든 것을 진실되게 보고하시겠습니까?"

"A veces sucede que uno no puede ir a trabajar."

"때로는 출근할 수 없는 상황이 발생하기도 합니다."

"Este es el momento adecuado para recordar los logros pasados".

"지금이야말로 과거의 업적을 되새겨볼 적절한 시기입니다."

"Después de eliminar la dificultad, uno trabaja aún mejor."

"어려움을 제거하고 나면, 업무 효율이 훨씬 높아진다."

"Mi diligencia y concentración aumentarán".

"저의 성실함과 집중력은 더욱 높아질 것입니다."

"Sabes muy bien que estoy en deuda con el jefe."

"당신도 제가 사장님께 큰 빚을 졌다는 걸 잘 알고 있잖아요."

"Pero también estoy preocupada por mis padres y mi hermana".

"하지만 저는 부모님과 여동생도 걱정돼요."

"Estoy en una situación difícil, pero encontraré la manera de salir de ella".

"지금 어려운 상황에 처했지만, 잘 헤쳐나갈 거예요."

"No hagas esto más difícil de lo que ya es."

"이보다 더 어렵게 만들지 마세요."

"Como compañeros de trabajo también tenemos que ayudarnos unos a otros".

"동료 직원으로서 우리는 서로 도와야 합니다."

"Sé que a los trabajadores de oficina no les gustan los viajeros".

"사무직 직원들이 여행객들을 좋아하지 않는다는 걸 알고 있어요."

"¿Crees que ganamos una fortuna y llevamos una buena vida?"

"당신은 우리가 엄청난 돈을 벌고 풍족한 삶을 산다고 생각하잖아요."

"No tienen ningún motivo real para considerar sus prejuicios".

"그들은 자신들의 편견을 고려할 만한 실질적인 이유가 없다."
"Pero usted, oficial autorizado, tiene un papel diferente."
"하지만 당신은 권한을 위임받은 담당자로서 다른 역할을 맡고
있습니다."
"Tienes una mejor visión general que el resto del personal".
"다른 직원들보다 전체적인 상황을 더 잘 파악하시는 것 같네요."
**"De hecho, creo que probablemente tengas la mejor visión
general".**
"사실, 당신이 가장 전체적인 상황을 잘 파악하고 계신 것
같습니다."
"Tienes una visión mejor que el propio jefe".
"당신은 사장님보다 상황을 더 잘 파악하고 있군요."
"Admito que el jefe hace el trabajo empresarial".
"사장님이 기업가적인 일을 하는 건 인정합니다."
"Pero es fácil que sus juicios sean erróneos."
하지만 그의 판단은 쉽게 오도될 수 있다.
**"Y estos pequeños errores de juicio pueden ser en nuestro
detrimento".**
"그리고 이러한 작은 판단 착오는 우리에게 해가 될 수 있습니다."
"Ya sabes lo fácil que es hablar del viajero."
여행자에 대해 이야기하는 것이 얼마나 쉬운지 아시잖아요.
"Él no está allí para defender su reputación de los chismes".
"그는 자신의 명예를 험담으로부터 지키기 위해 그 자리에 있는
것이 아닙니다."
**"Esas acusaciones pueden fácilmente ser meras
coincidencias".**
"이러한 혐의들은 단순한 우연의 일치일 수도 있습니다."
**"Muchas quejas ni siquiera tienen su base en ninguna
verdad."**
"많은 불만 사항들은 사실과 전혀 무관합니다."
"Está fuera de la oficina casi todo el año."

"그는 거의 일 년 내내 사무실에 없습니다."

¿Qué posibilidades tiene de defender su propia reputación?

"그가 자신의 명예를 지킬 가능성이 얼마나 되겠습니까?"

"Ni siquiera se entera de las acusaciones".

"그는 혐의에 대해 들어볼 기회조차 없어요."

"Se entera de lo que se ha dicho cuando ya es demasiado tarde."

"그는 너무 늦어서야 무슨 말이 오갔는지 알게 된다."

A estas alturas ya está exhausto por el viaje del día.

"그때쯤 되면 그는 하루 여정으로 완전히 지쳐 있을 겁니다."

"De todos modos, tendrá que experimentar las terribles consecuencias".

"그는 어쨌든 끔찍한 결과를 겪어야 할 것이다."

"Aunque no tiene forma de entender el problema."

"그는 문제를 이해할 방법이 전혀 없지만요."

"Oh, gerente, no se vaya sin decirme una palabra".

"매니저님, 저한테 한마디도 안 하고 가시면 안 돼요."

"Al menos dime que estás de acuerdo conmigo en parte."

"적어도 내 의견에 부분적으로라도 동의한다고 말해줘."

Pero el manager se había alejado de Gregor mucho antes.

하지만 감독은 훨씬 일찌감치 그레고르에게서 등을 돌린 상태였다.

Su hombro se contrajo cuando volvió a mirar a Gregor.

그가 그레고르를 돌아보자 어깨가 움찔거렸다.

Y no se quedó quieto ni un solo momento durante su discurso.

그는 연설하는 동안 단 한 순간도 가만히 서 있지 않았다.

Él había mirado a Gregor con los labios fruncidos.

그는 입술을 꾹 다문 채 그레고르를 돌아보고 있었다.

Se había ido retirando gradualmente hacia la puerta.

그는 서서히 문 쪽으로 물러나고 있었다.

Pero tampoco podía apartar la mirada de Gregor.

하지만 그는 그레고르에게서 눈을 뗄 수도 없었다.

Sintió como si hubiera una prohibición secreta de salir de la habitación.

그는 마치 방을 나가는 것이 비밀리에 금지된 것 같은 느낌을 받았다.

Pero a estas alturas ya estaba en el vestíbulo de entrada.

하지만 이때쯤 그는 이미 현관 홀에 도착해 있었다.

Y ahora hizo un movimiento repentino hacia la salida.

그러자 그는 갑자기 출구 쪽으로 발걸음을 옮겼다.

Extendió su mano derecha hacia las escaleras.

그는 오른손을 계단 쪽으로 뻗었다.

Quizás una fuerza sobrenatural estaba esperando para salvarlo.

어쩌면 초자연적인 힘이 그를 구하기 위해 기다리고 있었을지도 모른다.

Gregor sabía que no podía permitir que se fuera así.

그레고르는 그가 이렇게 떠나는 것을 두고 볼 수 없다는 것을 알았다.

El gerente no debe regresar con el mismo humor en el que estaba.

감독은 이전의 기분 상태로 돌아와서는 안 된다.

La seguridad del trabajo de Gregor estaba en grave peligro.

그레고르의 직업 안정성이 매우 위태로워졌다.

Los padres no podían comprender plenamente todo esto.

부모님은 이 모든 것을 완전히 이해하지 못하셨습니다.

Con los años se habían acostumbrado a su seguridad laboral.

세월이 흐르면서 그들은 그의 직업 안정성에 익숙해졌다.

Y se convencieron de que tenía el trabajo de por vida.

그리고 그들은 그가 평생 그 직책을 맡게 될 것이라고 확신하게 되었다.

En lugar de eso, se habían ocupado de otras preocupaciones.

대신 그들은 다른 걱거리들에 몰두하게 되었다.

Pero estas preocupaciones les hicieron perder toda previsión.

하지만 이러한 우려 때문에 그들은 미래를 내다보는 안목을
완전히 잃었습니다.

Gregor, sin embargo, no había perdido la previsión paterna.

하지만 그레고르는 부모의 선견지명을 잃지 않았다.

Alguien tenía que detener al representante autorizado.

누군가는 권한 있는 대리인을 막아야 했다.

Iba a tener que calmarlo y convencerlo.

그는 그를 진정시키고 설득해야 했다.

¡El futuro de Gregor y su familia dependía de ello!

그레고르와 그의 가족의 미래가 그것에 달려 있었다!

Ojalá la inteligente hermana hubiera estado allí para ayudar.

똑똑한 여동생이 여기 있었더라면 도와줬을 텐데.

**Ella ya había llorado cuando Gregor todavía estaba en su
habitación.**

그녀는 그레고르가 아직 방에 있을 때 이미 울고 있었다.

**En ese momento él simplemente yacía tranquilamente boca
arriba.**

그때 그는 그저 등을 대고 조용히 누워 있었다.

Ella ya sabía entonces la importancia de la situación.

그녀는 그때 이미 상황의 중요성을 알고 있었다.

**El gerente tenía una debilidad bien conocida por las
mujeres.**

그 매니저는 여자를 유난히 좋아하는 것으로 유명했다.

**Ella fácilmente podría haberlo persuadido para que se
quedara más tiempo.**

그녀는 그를 설득해서 더 오래 머물게 할 수도 있었을 것이다.

Ella habría cerrado la puerta y lo habría guiado adentro.

그녀는 문을 닫고 그를 안으로 다시 안내했을 것이다.

Pero desafortunadamente la hermana había ido a buscar un médico.

하지만 안타깝게도 여동생은 의사를 부르러 간 상태였습니다.

Así que Gregor no tuvo más remedio que hacerlo él mismo.

그러므로 그레고르는 직접 나서서 해결할 수밖에 없었다.

No había considerado cuáles eran realmente sus habilidades.

그는 자신의 실제 능력이 무엇인지 생각해 본 적이 없었다.

Y se había olvidado de desconfiar de su capacidad de hablar.

그리고 그는 자신의 말하는 능력을 불신하는 것을 잊어버렸다.

Pero aún así, abandonó la seguridad de su habitación.

하지만 그럼에도 불구하고 그는 안전한 방을 떠났다.

Y se abrió paso a través de la abertura de la habitación.

그는 방 입구를 통해 몸을 밀어 넣었다.

El gerente ya estaba bajando las escaleras.

매니저는 이미 계단을 내려가고 있었다.

Pero él se agarraba a la barandilla con ambas manos.

하지만 그는 두 손으로 난간을 꽉 잡고 있었다.

Gregor se cayó mientras intentaba atravesar la puerta.

그레고르는 문을 밀고 들어가려다 넘어졌다.

Dejó escapar un pequeño grito mientras trataba de agarrar algo para apoyarse.

그는 몸을 지탱하려고 손을 움켜쥐며 작은 비명을 질렀다.

Pero en lugar de pánico, sintió un bienestar físico.

하지만 그는 공황 상태에 빠지기보다는 오히려 신체적인

안녕감을 느꼈다.

Por primera vez esa mañana algo se sintió bien.

그날 아침 처음으로 뭔가 제대로 된 것 같은 느낌이 들었다.

Todas sus piernas ahora tenían tierra sólida debajo de ellas.

이제 그의 모든 다리는 단단한 땅에 닿아 있었다.

Se sorprendió de lo bien que podía controlar sus piernas.

그는 자신이 다리를 생각보다 잘 제어할 수 있다는 사실에 놀랐다.

Se alegró de notar que sus piernas le obedecían completamente.

그는 자신의 다리가 완전히 자신의 말을 따르는 것을 확인하고 기뻤다.

De hecho, sus piernas lo llevaban a donde quería.

사실 그의 다리는 그가 원하는 곳 어디든 데려다주었다.

Pronto todas sus penas estaban destinadas a llegar a su fin.

머지않아 그의 모든 슬픔은 끝날 운명이었다.

Pero en ese mismo momento su propia madre saltó.

그런데 바로 그 순간 그의 어머니가 벌떡 일어섰다.

Sus brazos estaban extendidos y sus dedos separados.

그녀는 팔을 쭉 뻗고 손가락을 펼쳤다.

Y ella gritó: "¡Socorro! ¡Por el amor de Dios, que alguien ayude!"

그러자 그녀는 "도와주세요, 제발 누가 좀 도와주세요!"라고 외쳤다.

Ella inclinó la cabeza; quería ver mejor a Gregor.

그녀는 고개를 갸우뚱거렸다. 그레고르를 더 자세히 보고 싶었기 때문이다.

Pero en contraposición a la primera acción, ella corrió hacia atrás.

하지만 첫 번째 행동과는 반대로 그녀는 되돌아갔다.

Se había olvidado que la mesa estaba puesta detrás de ella.

그녀는 식탁이 자기 뒤에 차려져 있다는 사실을 잊고 있었다.

Todos los elementos para el desayuno todavía estaban en la mesa.

아침 식사 재료들이 모두 테이블 위에 그대로 놓여 있었다.

Se sentó apresuradamente en la mesa, como distraída.

그녀는 마치 정신이 팔린 듯 황급히 테이블에 앉았다.

Y ella no pareció darse cuenta del café derramado.

그리고 그녀는 쏟아진 커피를 알아차리지 못한 것 같았다.

El café que ahora estaba empapando la alfombra.

커피가 카펫에 스며들고 있었다.

—Mamá, madre —dijo Gregor suavemente, mirándola.

"엄마, 엄마," 그레고르는 어머니를 올려다보며 나지막이 말했다.

Por el momento el manager no era importante para él.

당분간 매니저는 그에게 중요한 존재가 아니었다.

Pero también estaba el café goteando sobre la alfombra.

하지만 카펫에 커피가 떨어지고 있었어요.

Gregor no pudo resistirse a chasquear las mandíbulas al tomar el café.

그레고르는 참지 못하고 커피를 향해 입을 쩍 벌렸다.

La madre comenzó a llorar nuevamente por su comportamiento.

어머니는 그의 행동 때문에 다시 울기 시작했다.

Ella saltó de la mesa para distanciarse de él.

그녀는 그와 거리를 두기 위해 테이블에서 뛰어내렸다.

Y ella corrió a los brazos del padre, buscando seguridad.

그녀는 안전을 위해 아버지의 품으로 달려갔다.

Pero Gregor ya no tenía tiempo que perder con sus padres.

하지만 그레고르는 이제 부모님을 위해 시간을 낼 여유가 없었다.

El oficial autorizado ya estaba en las escaleras.

담당자는 이미 계단에 서 있었다.

Apoyó la barbilla en la barandilla para mirar dentro de la casa.

그는 난간에 턱을 괴고 집 안을 들여다보고 있었다.

Al parecer quería echar un último vistazo al espectáculo.

아무래도 그는 그 광경을 마지막으로 한 번 더 보고 싶었던 것 같다.

Y Gregor hizo un último esfuerzo para llegar hasta el gerente.

그리고 그레고르는 매니저에게 연락하기 위해 마지막 노력을
기울였다.
Corrió hacia la puerta tan seguro como pudo.
그는 최대한 조심스럽게 문 쪽으로 달려갔다.
Pero el jefe de oficina debía de sospechar algo.
하지만 수석 서기는 뭔가 수상한 점을 눈치챘을 것이다.
Porque saltó varios escalones y desapareció.
그는 계단 몇 개를 뛰어내려 사라졌기 때문입니다.
—¡Huh! —gritó Gregor, resonando en la escalera.
"흥!" 그레고르가 계단 통로에 울려 퍼지도록 소리쳤다.
La fuga del gerente también pareció confundir a su padre.
매니저의 탈출은 그의 아버지에게도 혼란을 준 것 같았다.
Hasta entonces había conseguido mantener la compostura.
그는 그때까지 상당히 침착함을 유지해왔다.
**Pero desgraciadamente él también perdió la compostura que
había tenido.**
하지만 안타깝게도 그 역시 그동안 유지해왔던 평정심을
잃었습니다.
**Lo que debería haber hecho es ayudar a Gregor en su
persecución.**
그가 했어야 할 일은 그레고르의 추적을 돕는 것이었다.
Pero con una mano agarró el bastón del gerente.
하지만 그는 한 손으로 매니저의 지팡이를 움켜잡았다.
Y en la otra mano sostenía ahora un periódico.
그리고 다른 한 손에는 신문을 들고 있었다.
Y ahora estorbó directamente a Gregor en su persecución.
그리고 그는 이제 그레고르의 추적을 직접적으로 방해했다.
Se había colocado entre Gregor y la calle.
그는 그레고르와 거리 사이에 몸을 던졌다.
Golpeó el suelo con los pies y agitó el palo y el periódico.
그는 발을 구르고 막대기와 신문을 흔들었다.

Y él estaba forzando activamente a Gregor a regresar a su habitación.

그리고 그는 적극적으로 그레고르를 그의 방으로 다시 밀어 넣고 있었다.

Ninguna de las peticiones que Gregor intentó hacer sirvió de algo.

그레고르가 시도했던 어떤 요청도 소용이 없었다.

Porque ninguna de las peticiones que hizo fue entendida.

그가 했던 요청들은 하나도 이해받지 못했기 때문입니다.

Giró la cabeza hacia un ángulo más profundo y humilde.

그는 고개를 더 깊고 겸손한 각도로 돌렸다.

Pero su padre respondió golpeando el suelo con más fuerza.

하지만 그의 아버지는 더욱 세게 발을 구르며 화답했다.

La madre abrió una ventana, a pesar del clima frío.

어머니는 서늘한 날씨에도 불구하고 창문을 열었다.

Y apretó su cara entre sus manos en el frío.

그녀는 추위에 얼굴을 두 손으로 감쌌다.

El viento ahora podría pasar por todo el apartamento.

이제 바람이 아파트 전체를 통과할 수 있었다.

Una fuerte corriente de aire soplaba desde la escalera hacia el callejón.

계단에서 골목으로 강한 바람이 불어왔다.

Las cortinas se agitaban a causa del fuerte viento.

강한 바람에 커튼이 펄럭였다.

Y el periódico sobre la mesa crujió con el viento.

그리고 탁자 위의 신문이 바람에 바스락거렸다.

Incluso algunas hojas fueron arrastradas hasta el interior de la casa desde el exterior.

심지어 바깥에서 나뭇잎들이 집 안으로 날아들어오기도 했습니다.

El padre pateaba y empujaba sin descanso.

아버지는 발을 구르며 쉴 새 없이 밀었다.

Y silbaba y hacía ruidos como lo haría un hombre salvaje.

그는 마치 야생인처럼 쉿쉿거리고 이상한 소리를 냈다.

Pero Gregor aún no había practicado el caminar hacia atrás.

하지만 그레고르는 아직 뒤로 걷는 연습을 해보지 않았다.

Incluso Gregor admitiría que este movimiento era mucho más lento.

그레고르조차도 이 움직임이 훨씬 느리다는 것을 인정할 것이다.

Pero lo único que quería era la oportunidad de cambiar las cosas.

그가 원했던 건 단지 상황을 반전시킬 기회뿐이었다.

Entonces se habría ido directamente a su habitación.

그랬다면 그는 곧바로 자기 방으로 갔을 것이다.

Pero tenía demasiado miedo de impacientar a su padre.

하지만 그는 아버지를 조마조마하게 만들까 봐 너무 두려웠다.

Y allí estaba la amenaza de un golpe con el palo.

그리고 막대기로 때릴지도 모른다는 위협이 있었다.

Un golpe así en la parte posterior de la cabeza podría ser fatal.

머리 뒤쪽에 그런 충격을 받으면 치명적일 수 있습니다.

Pero al final Gregor no tuvo otra opción.

하지만 결국 그레고르에게는 다른 선택의 여지가 없었다.

Se dio cuenta de que ni siquiera podía caminar hacia atrás en línea recta.

그는 뒤로 똑바로 걷는 것조차 불가능하다는 것을 깨달았다.

Empezó a girar tan rápido como pudo.

그는 최대한 빨리 몸을 돌리기 시작했다.

Pero en realidad este movimiento giratorio era igualmente lento.

하지만 실제로는 이러한 변화의 속도 또한 매우 느렸습니다.

Y le siguieron las miradas ansiosas del padre.

그리고 아버지의 걱정스러운 눈길이 그를 따라갔다.

Quizás el padre notó las buenas intenciones de Gregor.

어쩌면 아버지는 그레고르의 선의를 알아차렸을지도 모릅니다.

Porque no le impidió darse la vuelta.

그가 몸을 돌리는 것을 방해하지 않았기 때문이다.

Incluso utilizó la punta de su bastón para guiar la rotación.

그는 심지어 막대기 끝을 이용해 회전 방향을 조절하기도 했다.

¡Pero Gregor aún deseaba que su padre no le hubiera silbado!

하지만 그레고르는 아버지가 자신에게 쏘아붙이지 않았으면 하고 바랐다!

El silbido sólo aumentó la confusión del momento.

쉿 소리는 그 순간의 혼란을 더욱 가중시켰다.

Y luego cometió un error y giró en la dirección equivocada.

그런데 그는 실수를 해서 잘못된 방향으로 향했다.

Al final logró encarar el camino correcto.

결국 그는 마침내 올바른 길을 찾을 수 있었다.

Y estaba satisfecho con el progreso que había logrado.

그리고 그는 자신이 이룬 진전에 만족했다.

Pero entonces el siguiente problema se hizo aún más evidente.

하지만 그때 다음 문제가 더욱 분명해졌습니다.

Su cuerpo era demasiado ancho para pasar fácilmente por la puerta.

그의 몸집이 너무 커서 문을 쉽게 통과할 수 없었다.

En su estado actual el padre no se dio cuenta de esto.

아버지는 현재 상태에서 이를 알아차리지 못했습니다.

Así que no se le ocurrió abrir más la puerta.

그래서 그는 문을 더 열어야겠다는 생각을 하지 못했다.

Entonces habría habido suficiente espacio para Gregor.

그랬다면 그레고르가 앉을 공간이 충분했을 것이다.

Su única prioridad era conseguir que Gregor entrara a su habitación.

그의 최우선 과제는 그레고르를 방으로 데려가는 것이었다.

Habría tenido que ponerse de pie para poder pasar por la puerta.

그는 문을 통과하려면 일어서야 했을 것이다.

Pero el padre no hubiera permitido tal maniobra.

하지만 아버지는 그런 계략을 결코 용납하지 않았을 것이다.

De hecho, le estaba siseando aún más salvajemente que antes.

사실 그는 전보다 훨씬 더 격렬하게 그에게 야유를 퍼부었다.

Sonaba como si más de un hombre le estuviera silbando.

그에게 쉿 소리를 내는 사람은 한 명 이상인 것 같았다.

Sus demandas parecían tener una nueva urgencia detrás.

그의 요구에는 새로운 절박함이 묻어나는 듯했다.

Realmente ya no había más tiempo para perder el tiempo.

이제 더 이상 시간을 낭비할 여유가 없었다.

Pasara lo que pasara, Gregor tenía que atravesar la puerta.

무슨 일이 있더라도 그레고르는 그 문을 통과해야만 했다.

Se abrió paso sin ningún respeto por sí mismo.

그는 자신을 전혀 존중하지 않고 묵묵히 나아갔다.

Un lado de su cuerpo fue empujado hacia arriba por el movimiento.

움직임으로 인해 그의 몸 한쪽이 위로 솟구쳤다.

Y él yacía torpe y torcido en el umbral de la puerta.

그는 문간 사이에 어색하고 비뚤어진 자세로 누워 있었다.

Uno de sus flancos quedó en carne viva rozando la madera.

그의 옆구리 한쪽이 나무에 쓸려 벗겨져 있었다.

Y había dejado feas manchas en la puerta pintada de blanco.

그리고 그는 하얗게 칠해진 문에 보기 흉한 얼룩을 남겼다.

Las piernas de uno de sus costados colgaban temblando en el aire.

그의 한쪽 다리가 허공에서 떨리며 매달려 있었다.

Sus otras piernas estaban presionadas dolorosamente contra el suelo.

나머지 다리는 바닥에 고통스럽게 눌려 있었다.

Pronto se quedaría atrapado completamente entre las puertas.

곧 그는 문 사이에 완전히 끼어버릴 것 같았다.

Y entonces no habría podido moverse en absoluto.

그랬다면 그는 전혀 움직일 수 없었을 것이다.

Pero el padre le dio un fuerte empujón realmente liberador.

하지만 아버지는 그에게 진정으로 해방감을 주는 강한 자극을 주었다.

Y cayó, sangrando profusamente, hasta el fondo de su habitación.

그는 피를 심하게 흘리며 방 안으로 쓰러졌다.

El padre cerró la puerta tras de sí con su bastón.

아버지는 지팡이로 문을 쾅 닫고 나갔다.

Y finalmente hubo algo de paz y tranquilidad nuevamente.

그러고 나니 마침내 다시 평화롭고 조용한 시간이 찾아왔습니다.

Segunda parte

2부

Gregor no se despertó hasta mucho más tarde ese mismo día.

그레고르는 한참 후에야 잠에서 깼다.

Había anochecido; había dormido profundamente e inconscientemente.

날이 저물었고, 그는 깊고 무의식적인 잠에 빠져 있었다.

Se habría despertado incluso sin que nadie lo hubiera molestado.

그는 방해받지 않았더라도 잠에서 깼을 것이다.

Porque se sentía suficientemente descansado y bien dormido.

그는 충분히 휴식을 취하고 숙면을 취했다고 느꼈기 때문입니다.

Pero le pareció oír unos pasos fugaces afuera.

하지만 그는 바깥에서 순간적으로 발소리가 들리는 것 같았다.

Y alguien podría haber cerrado cuidadosamente la puerta principal.

그리고 누군가가 현관문을 조심스럽게 닫았을지도 모릅니다.

La luz del tranvía eléctrico se reflejaba pálidamente en el techo.

전차의 불빛이 천장에 희미하게 비쳤다.

La parte superior del mueble también recibió un poco de luz.

가구 윗부분에도 약간의 빛이 들어왔다.

Pero allá abajo, a la altura de Gregor, estaba oscuro.

하지만 땅 위, 그레고르의 눈높이에서는 어두웠습니다.

Sus piernas lo empujaron lentamente hacia la puerta nuevamente.

그의 다리는 천천히 그를 다시 문 쪽으로 밀어붙였다.

Tenía mucha curiosidad por ver qué había sucedido allí.

그는 그곳에서 무슨 일이 일어났는지 매우 궁금했다.

Pero su control de sus sensores aún no estaba desarrollado.

하지만 그는 아직 촉각을 제어하는 능력이 발달하지 않았다.

Aunque empezó a apreciar estos nuevos sensores.

그는 이러한 새로운 센서들을 점차 높이 평가하기 시작했다.

Una cicatriz larga y desagradable parecía recorrer su costado izquierdo.

그의 왼쪽 옆구리에는 길고 보기 흉한 흉터가 나 있는 듯했다.

La cicatriz parecía como si apretara ese lado de su cuerpo.

흉터 때문에 몸의 그 부분이 조여드는 느낌이 들었다.

Y entonces tuvo que cojear literalmente sobre sus dos filas de piernas.

그래서 그는 두 줄로 된 다리로 절뚝거리며 걸어야 했습니다.

Esa mañana una de sus piernas resultó gravemente herida.

그는 그날 아침 다리 한쪽에 심각한 부상을 입었다.

Realmente fue un milagro que no se hubiera roto más piernas.

그가 다리를 더 부러뜨리지 않은 건 정말 기적이었다.

Y así arrastró sin vida su pierna herida.

그래서 그는 다친 다리를 힘없이 질질 끌면서 걸어갔다.

Cuando llegó a la puerta se dio cuenta de algo profundo.

문에 다다랐을 때 그는 심오한 사실을 깨달았다.

Fue el olor de algo lo que lo atrajo hasta allí.

그를 그곳으로 이끈 것은 무언가의 냄새였다.

A Gregor le habían dejado algo comestible en su habitación.

그레고르의 방에 먹을 것이 조금 놓여 있었다.

Trozos de pan blanco flotando en un cuenco de leche dulce.

달콤한 우유 한 그릇에 흰 빵 조각들이 둥둥 떠다니고 있다.

Apenas podía contener la alegría que había dentro de él.

그는 마음속에 솟아오르는 기쁨을 주체할 수 없었다.

Ahora tenía incluso más hambre que por la mañana.

그는 아침보다 지금 훨씬 더 배가 고팠다.

Inmediatamente sumergió su cabeza en el cuenco de leche.

그는 곧바로 우유 그릇에 머리를 담갔다.

La leche le salía casi por toda la cabeza, hasta los ojos.

우유가 그의 머리 거의 전체, 눈까지 차올랐다.

Pero pronto echó la cabeza hacia atrás, amargamente decepcionado.

하지만 그는 곧 몹시 실망한 표정으로 고개를 뒤로 젖혔다.

Comer era difícil debido a su delicado lado izquierdo.

왼쪽 몸이 약해서 식사하는 데 어려움을 겪었다.

Y sólo podía comer jadeando con todo su cuerpo.

그는 온몸으로 헐떡거리며 숨을 몰아쉬어야만 음식을 먹을 수 있었다.

Pero esa no fue la verdadera razón de su decepción.

하지만 그것이 그의 실망의 진짜 이유는 아니었다.

La leche siempre había sido uno de sus platos favoritos.

우유는 언제나 그가 가장 좋아하는 음식 중 하나였다.

No tenía ninguna duda de que su hermana recordaba esto.

그는 여동생이 이 일을 기억하고 있을 거라고 확신했다.

Y esa fue la razón por la que le había dado leche.

그것이 바로 그녀가 그에게 우유를 준 이유였다.

No podía explicar por qué ahora no le gustaba la leche.

그는 자신이 왜 이제 우유를 싫어하게 되었는지 설명할 수 없었다.

Y se apartó del cuenco casi con reticencia.

그는 마치 마지못해 하는 듯이 그릇에서 고개를 돌렸다.

Decepcionado, se arrastró de nuevo hasta el centro de la habitación.

실망한 그는 방 한가운데로 기어갔다.

Desde allí pudo ver a través de la rendija de la puerta.

그는 문틈으로 안을 들여다볼 수 있었다.

Pudo ver que el fuego en la sala de estar estaba encendido.

그는 거실에 불이 붙어 있는 것을 볼 수 있었다.

Generalmente a esta hora el padre leía el periódico.

보통 이 시간에 아버지는 신문을 읽으셨다.

Él siempre solía leerle a la madre en voz alta.

그는 항상 어머니에게 큰 소리로 책을 읽어주곤 했다.

A veces la hermana también escuchaba al padre.

때때로 여동생도 아버지의 대화를 엿듣곤 했다.

Ella siempre le había contado a Gregor sobre esta lectura en voz alta.

그녀는 항상 그레고르에게 이 낭독에 대해 이야기해 주곤 했다.

Pero hoy no se oía ningún sonido en la habitación.

하지만 오늘은 그 방에서 아무 소리도 들리지 않았다.

Quizás este hábito ya había caído en desuso.

어쩌면 이 습관은 이미 사라졌을지도 모른다.

Un profundo silencio se había apoderado de todo el apartamento.

아파트 전체에 깊은 정적이 감돌았다.

Aunque sabía que el apartamento ciertamente no estaba vacío.

그는 아파트가 비어있지 않다는 것을 확실히 알고 있었다.

«¡Qué vida tan tranquila lleva la familia!», pensó Gregor.

"그 가족은 참 조용한 삶을 살았군." 그레고르는 생각했다.

Y miró hacia la oscuridad con gran orgullo.

그는 큰 자부심을 품고 어둠 속을 응시했다.

Estaba orgulloso de la vida que había podido darles.

그는 자신이 그들에게 줄 수 있었던 삶에 자부심을 느꼈다.

Estaba orgulloso del hermoso apartamento en el que vivían.

그는 그들이 살고 있는 아름다운 아파트를 자랑스러워했다.

¿Pero toda esta paz estaba a punto de tener un final terrible?

하지만 이 모든 평화는 끔찍한 종말을 맞이하게 될까요?

¿Les iban a quitar su prosperidad?

그들의 번영은 빼앗길 위기에 처한 것일까?

¿Su satisfacción ahora era incierta en el futuro?

그들의 미래에 대한 만족감은 이제 불확실해진 것일까?

Pero él no quería perderse en tales pensamientos.

하지만 그는 그런 생각에 빠지고 싶지 않았다.

Para mantenerse ocupado se arrastraba arriba y abajo por las paredes.

심심하지 않으려고 그는 벽을 기어올랐다.

Durante la larga velada una puerta estaba entreabierta.

긴 저녁 시간 동안 문 하나가 살짝 열려 있었다.

Y en otro momento la otra puerta se abrió un poquito.

그리고 또 다른 때, 다른 문이 조금 열렸습니다.

Pero en ambas ocasiones las puertas se cerraron rápidamente de nuevo.

하지만 두 번 모두 문은 금세 다시 닫혔습니다.

Estaba claro que alguien de fuera tenía el deseo de entrar.

분명히 외부의 누군가가 안으로 들어오고 싶어했던 것 같다.

Pero también tenían demasiadas preocupaciones acerca de venir.

하지만 그들은 입국에 대해 너무 많은 우려를 가지고 있었습니다.

Gregor ahora se detuvo directamente en la puerta de la sala de estar.

그레고르는 거실 문 바로 앞에서 멈춰 섰다.

Estaba decidido a tentar de algún modo al indeciso visitante.

그는 어떻게든 망설이는 방문객의 마음을 사로잡기로

마음먹었다.

Y también quería saber quién había sido el visitante.

그리고 그는 방문객이 누구였는지도 알고 싶어했습니다.

Pero aquella noche la puerta no se abrió una tercera vez.

하지만 그날 저녁, 문은 세 번째로 열리지 않았다.

Y Gregorio esperaba en vano junto a la puerta.

그레고르는 문 앞에서 헛되이 시간을 보냈다.

Más temprano ese día todos querían entrar a la habitación.

그날 아침 그들은 모두 그 방에 들어오고 싶어했어요.

Ahora que las puertas estaban desbloqueadas sería más fácil para ellos.

이제 문이 열렸으니 그들에게는 더 쉬워질 것이다.

Pero ellos prefirieron quedarse al otro lado de la habitación.

하지만 그들은 방 반대편에 머물기로 했습니다.

Gregor se dio cuenta de que las llaves ya no estaban en sus cerraduras.

그레고르는 열쇠가 자물쇠에 더 이상 없다는 것을 알아차렸다.

Alguien debe haber movido las llaves a la cerradura exterior.

누군가 열쇠를 외부 자물쇠로 옮겨 놓았나 봐요.

Sólo tarde por la noche se apagó la luz de la sala de estar.

한밤중에야 거실 불이 꺼졌다.

La familia debe haber permanecido despierta todo el tiempo.

그 가족은 그 시간 내내 깨어 있었던 게 분명해.

Y Gregor podía oírlos claramente alejándose de puntillas.

그리고 그레고르는 그들이 발소리를 죽이며 멀어지는 소리를 분명히 들을 수 있었다.

Ahora nadie vendría a ver a Gregor hasta la mañana.

이제 아침이 될 때까지 아무도 그레고르에게 오지 않을 것이다.

Así que tuvo mucho tiempo para sí mismo, para pensar sin interrupciones.

그래서 그는 방해받지 않고 생각할 수 있는 긴 시간을 갖게 되었다.

¿Cuál sería la mejor manera de reorganizar su vida ahora?

지금 그의 삶을 재정비하는 가장 좋은 방법은 무엇일까요?

Pero las altas paredes de la habitación vacía lo asustaban.

하지만 텅 빈 방의 높은 벽이 그를 겁먹게 했다.

No le quedó más remedio que tumbarse en el suelo.

그는 어쩔 수 없이 땅바닥에 엎드려야 했다.

Y nunca encontró la causa de su miedo en ese espacio.

그리고 그는 그 공간에서 자신의 두려움의 원인을 결코 찾지
못했다.
Era la misma habitación en la que había vivido durante
cinco años.
그가 5년 동안 살았던 바로 그 방이었다.
Medio inconscientemente hizo un movimiento hacia el sofá.
그는 무의식적으로 소파 쪽으로 몸을 움직였다.
Y sin ninguna vergüenza se escondió debajo del sofá.
그는 조금도 부끄러워하지 않고 소파 밑으로 숨었다.
Allí abajo se sintió inmediatamente de nuevo muy a gusto.
그곳에 내려가자마자 그는 곧바로 다시 아주 편안함을 느꼈다.
A pesar de que tenía la espalda un poco presionada.
등이 약간 눌렸음에도 불구하고.
Ya no podía levantar la cabeza debajo del sofá.
그는 더 이상 소파 밑으로 머리를 내밀 수도 없었다.
Pero incluso esto lo prefería a estar en cualquier espacio
abierto.
하지만 그는 탁 트인 공간에 있는 것보다는 이런 곳을 더
좋아했다.
Sin embargo, lamentó que su cuerpo fuera tan ancho.
하지만 그는 자신의 체격이 너무 큰 것을 후회했다.
El sofá no podía cubrir completamente todo su cuerpo.
소파는 그의 몸 전체를 완전히 가릴 수 없었다.
Se quedó debajo del sofá toda la noche.
그는 밤새도록 소파 밑에 숨어 있었다.
La noche la pasó medio dormido, perturbado por el hambre.
그는 그날 밤 배고픔에 잠을 설치며 반쯤 잠든 채로 보냈다.
Y el tiempo que estaba despierto lo pasaba preocupado o
esperanzado.
그는 깨어 있는 시간을 걱정하거나 희망에 차서 보냈다.

Pero todas sus vagas esperanzas llevaron a la misma conclusión.

하지만 그의 막연한 희망은 모두 같은 결론으로 귀결되었다.

No tuvo más remedio que permanecer en silencio por el momento.

그는 당분간 침묵을 지킬 수밖에 없었다.

Tuvo que mostrar paciencia y consideración hacia la familia.

그는 가족에게 인내심과 배려심을 보여야 했다.

Era la única manera de hacer soportable el inconveniente.

그 불편함을 견딜 수 있게 해주는 유일한 방법이었다.

Los inconvenientes que ahora estaba causando a la familia.

그가 이제 가족에게 강요하고 있는 불편함.

No tuvo que esperar mucho para demostrar su compasión.

그는 자신의 자비심을 증명하기 위해 오래 기다릴 필요가 없었다.

Temprano por la mañana la hermana miró dentro de su habitación.

이른 아침, 여동생은 그의 방을 들여다보았다.

Aunque en realidad era tan de noche como de mañana.

사실 그때는 아침이기도 하고 밤이기도 했다.

Ella estaba completamente vestida y parecía mostrar entusiasmo.

그녀는 옷을 완전히 차려입었고, 들뜬 기색을 보였다.

La fuerza de su nueva decisión podría ser puesta a prueba.

그가 새롭게 내린 결정의 타당성이 시험대에 오를 수 있다.

Ella no lo encontró inmediatamente con su primera mirada.

그녀는 처음 훑어봤을 때 그를 바로 찾지 못했다.

Tenía que estar en algún lugar, no podía haber volado.

그는 분명 어딘가에 있었을 거예요. 날아가 버렸을 리는 없어요.

Pero entonces sus ojos hicieron un segundo recorrido por la habitación.

하지만 그때 그녀의 눈은 방 안을 다시 한번 훑어보았다.

Y esta vez vio su torso debajo del sofá.

이번에는 그녀가 소파 밑에 있는 그의 몸통을 발견했다.

Estaba tan asustada que perdió todo el control de sí misma.

그녀는 너무 무서워서 자제력을 완전히 잃었다.

Y su primera reacción fue cerrar la puerta de golpe.

그녀의 첫 반응은 문을 다시 쾅 닫는 것이었다.

Pero también pareció arrepentirse inmediatamente de su comportamiento.

하지만 그녀는 자신의 행동을 즉시 후회하는 듯 보였다.

Tan pronto como cerró la puerta de golpe, la abrió de nuevo.

그녀는 문을 쾅 닫자마자 다시 열었다.

Y esta vez entró de puntillas en la habitación con cuidado.

이번에는 그녀가 살금살금 방으로 들어왔다.

Se movía como si estuviera visitando a una persona gravemente enferma.

그녀는 마치 중병에 걸린 사람을 병문안하는 것처럼 움직였다.

O tal vez estaba visitando a un completo desconocido.

혹은 그녀는 전혀 모르는 사람을 방문했을 수도 있다.

Gregor empujó su cabeza casi hasta el borde del sofá.

그레고르는 머리를 소파 가장자리까지 거의 밀어붙였다.

Y desde debajo de la caja fuerte la observaba en la habitación.

그리고 그는 금고 아래에서 방 안의 그녀를 지켜보았다.

¿Se daría cuenta de que había dejado la leche?

그녀는 그가 우유를 두고 간 것을 알아챌까?

No había dejado la leche por falta de hambre.

그가 우유를 남겨둔 것은 배가 고프지 않아서가 아니었다.

¿En lugar de eso le traería comida diferente?

그녀는 그에게 다른 음식을 가져다줄 생각이었을까요?

Quizás un plato que se ajustara mejor a sus preferencias.

어쩌면 그의 입맛에 더 잘 맞는 음식이었을지도 모릅니다.

Pero ella misma habría tenido que notar su apetito.

하지만 그녀가 직접 그의 식욕을 알아차렸어야 했을 것이다.

Preferiría morir de hambre antes que hacerle saber eso.

그는 그녀에게 자신의 사실을 알리느니 차라리 굶어 죽는 쪽을
택했다.

En realidad le habría gustado mucho decírselo.

사실 그는 그녀에게 말하고 싶어 안달이 났었다.

Estuvo realmente tentado de disparar desde debajo del sofá.

그는 소파 밑에서 뛰쳐나와 총을 쏘고 싶은 충동을 정말로 느꼈다.

Quería arrojarse a los pies de su hermana.

그는 여동생의 발치에 엎드리고 싶었다.

Y quiso pedirle algo bueno para comer.

그는 그녀에게 맛있는 음식을 좀 달라고 부탁하고 싶었다.

Pero entonces la hermana miró hacia el cuenco de leche.

그런데 그때 여동생은 우유 그릇을 바라보았다.

**Inmediatamente se dio cuenta de que el cuenco todavía
estaba lleno.**

그녀는 그릇이 여전히 가득 차 있다는 것을 즉시 알아차렸다.

Le sorprendió bastante que Gregor no hubiera comido nada.

그녀는 그레고르가 아무것도 먹지 않았다는 사실에 다소 놀랐다.

Sólo se había derramado un poco de leche en el suelo.

바닥에 우유가 조금 쏟아졌을 뿐이었다.

Inmediatamente cogió el cuenco y lo sacó.

그녀는 즉시 그릇을 집어 들고 밖으로 나갔다.

Él vio que ella no recogió el cuenco con sus propias manos.

그는 그녀가 맨손으로 그릇을 들지 않는 것을 보았다.

En lugar de eso, recogió el cuenco con uno de los trapos.

그녀만 대신 헝겊 조각 중 하나를 이용해 그릇을 집어 들었다.

**Pero Gregor se olvidó muy rápidamente de este pequeño
detalle.**

하지만 그레고르는 이 사소한 사실을 금세 잊어버렸다.

Ahora estaba mucho más entusiasmado por otra cosa.

그는 이제 다른 일에 훨씬 더 흥분해 있었다.

¿Qué podría traer como reemplazo de la leche?

그녀는 우유 대신 무엇을 가져올까요?

Tenía varios pensamientos sobre lo que ella podría traer.

그는 그녀가 무엇을 가져올지 여러 가지 생각을 했다.

Pero la bondad de su hermana superó sus expectativas.

하지만 그의 여동생의 친절은 그의 예상을 뛰어넘었다.

Se dio cuenta de que tenía que probar cuáles eran sus nuevos gustos.

그녀는 그의 새로운 취향이 무엇인지 알아봐야 한다는 것을 깨달았다.

Así que trajo toda una selección de alimentos diferentes.

그래서 그녀는 온갖 종류의 음식을 가져왔어요.

Verduras medio podridas, huesos de la cena.

반쯤 썩은 야채와 저녁 식사 후 남은 뼈들.

Salsa solidificada de la otra comida que habían comido.

그들이 먹었던 다른 음식의 소스가 굳어버린 것이었다.

Unas pasas, unas almendras, pan seco, pan con mantequilla.

건포도 약간, 아몬드 약간, 마른 빵, 버터 바른 빵.

Un poco de pan untado con mantequilla y también con sal.

버터와 소금이 발라진 빵 몇 조각.

Queso que Gregor había declarado incomestible hacía dos días.

그레고르가 이틀 전에 먹을 수 없다고 선언했던 치즈.

Toda esta selección de comida fue colocada en un periódico.

이 모든 음식들을 신문지 위에 올려놓았습니다.

Y también colocó un recipiente con agua al lado de sus comidas.

그리고 그녀는 그의 식사 옆에 물 한 그릇을 놓아두었다.

Ella sabía que Gregor no habría comido delante de ella.

그녀는 그레고르가 자신 앞에서 밥을 먹지 않을 거라는 걸 알고
있었다.

**Entonces, por respeto hacia él, salió nuevamente de la
habitación.**

그에 대한 존중의 표시로 그녀는 다시 방을 나갔다.

Y hasta giró la llave en la cerradura al salir.

그리고 그녀는 떠날 때 열쇠를 자물쇠에 돌려 넣기까지 했다.

**Pero ella giró la llave muy silenciosamente y con mucho
cuidado.**

하지만 그녀는 아주 조용하고 조심스럽게 열쇠를 돌렸다.

**De esta manera sólo Gregor sabría que la puerta estaba
cerrada.**

이렇게 하면 그레고르만 문이 잠겼다는 사실을 알게 될 것이다.

Ahora podía ponerse tan cómodo como quisiera.

이제 그는 원하는 만큼 편안하게 지낼 수 있었다.

**Las piernas de Gregor zumbaban cuando llegó la hora de
comer.**

식사 시간이 되자 그레고르의 다리는 쉴 새 없이 움직였다.

**Lo que vale la pena destacar es que ya no sentía ninguna
molestia.**

주목할 만한 점은 그가 더 이상 불편함을 느끼지 않았다는 것이다.

Sus heridas deben haber sanado ya por completo.

그의 상처는 이미 완전히 나았을 것이다.

Porque ya no sentía sus discapacidades anteriores.

그는 더 이상 이전의 장애를 느끼지 않았기 때문입니다.

Su nueva capacidad de curar lo sorprendió y lo asombró.

그에게 새로 생긴 치유 능력은 그 자신도 놀라게 하고 감탄하게
만들었다.

Hace más de un mes se cortó el dedo con un cuchillo.

한 달도 더 전에 그는 칼로 손가락을 베었다.

Hasta hace dos días esa herida todavía le dolía.

이틀 전까지만 해도 그 상처는 여전히 그를 아프게 했다.

"¿Soy mucho menos sensible ahora?" pensó para sí mismo.

"내가 이제 훨씬 덜 예민해진 걸까?" 그는 속으로 생각했다.

Para entonces ya estaba chupando con avidez el queso.

그는 이미 치즈를 게걸스럽게 빨아먹고 있었다.

Se sintió atraído por el queso más que por el resto de la comida.

그는 다른 음식들보다 치즈에 더 끌렸다.

Comió rápidamente un trozo de queso tras otro.

그는 치즈를 한 조각씩 빠르게 먹어 치웠다.

Sus ojos se llenaron de lágrimas de satisfacción al probarlo.

그 맛을 보고 만족감에 그의 눈에 눈물이 고였다.

Después del queso comió las verduras y la salsa.

치즈를 먹고 나서 그는 야채와 소스를 먹었다.

Sin embargo, la comida fresca no le sabía bien.

하지만 그 신선한 음식은 그의 입맛에 맞지 않았다.

De hecho, ni siquiera podía soportar el olor de la comida fresca.

사실 그는 갓 조리한 음식 냄새조차 견디지 못했다.

Incluso arrastró el resto de la comida lejos de la comida fresca.

그는 심지어 다른 음식들을 신선한 음식에서 멀리 끌어냈습니다.

Y muy rápidamente terminó la comida más comestible.

그리고 그는 아주 빠르게 먹을 만한 음식을 다 먹어치웠다.

Toda aquella deliciosa comida tuvo sobre él un efecto soporífero.

맛있는 음식들이 그에게 졸음을 유발하는 효과를 주었다.

Y él permaneció acostado perezosamente en el lugar donde había comido.

그는 자기가 밥을 먹었던 자리에 나른하게 누워 있었다.

Finalmente su hermana regresó para ver cómo estaba nuevamente.

결국 그의 여동생이 다시 그를 확인하러 돌아왔다.

Tuvo la previsión de girar la llave muy lentamente.

그녀는 열쇠를 아주 천천히 돌릴 생각을 했다.

Esto le dio a Gregor una advertencia de que debía retirarse.

이로써 그레고르는 철수해야 한다는 경고를 받았다.

Aturdido y sobresaltado, se apresuró a volver debajo del sofá.

어리둥절하고 깜짝 놀란 그는 서둘러 소파 밑으로 숨었다.

Pero quedarse debajo del sofá no fue tan fácil esta vez.

하지만 이번에는 소파 밑에 숨어 있는 게 그렇게 쉽지는

않았습니다.

Su cuerpo se había vuelto un poco redondeado por tanta comida.

그는 음식을 너무 많이 먹어서 몸이 약간 통통해졌다.

Y tuvo que controlarse para no quedarse sin nada otra vez.

그리고 그는 다시 뛰쳐나가고 싶은 충동을 억눌러야 했다.

Aunque la hermana no permaneció mucho tiempo en la habitación.

여동생은 방에 오래 머물지 않았지만.

Le costaba respirar en ese estrecho espacio.

그는 그 좁은 공간 아래에서 숨쉬기조차 힘들어했다.

Pero él siguió adelante a pesar de los pequeños ataques de asfixia.

하지만 그는 잠깐씩 찾아오는 질식감을 이겨냈다.

Con ojos desorbitados observaba las actividades de la hermana.

그는 눈을 크게 뜨고 여동생의 행동을 지켜보았다.

La hermana desprevenida vertió todo en un balde.

아무것도 모르는 여동생은 모든 것을 양동이에 쏟아부었다.

Ella no sólo se deshizo de la comida que Gregor no había comido.

그녀는 그레고르가 먹지 않은 음식을 버렸을 뿐만 아니라,

Pero también se deshizo de la comida que él no había tocado.

하지만 그녀는 그가 손대지 않은 음식도 버렸다.

Al parecer esa comida ya no era comestible para nadie.

그 음식은 이제 아무도 먹을 수 없게 된 것 같았다.

Luego cerró el cubo de comida con una tapa de madera.

그녀는 나무 뚜껑으로 음식 통을 닫았다.

Y con la comida, el balde y el trapeador, se fue.

그리고 그녀는 음식과 양동이, 걸레를 챙겨 떠났다.

Gregor no habría podido esperar mucho más tiempo.

그레고르는 더 이상 기다릴 수 없었을 것이다.

Tan pronto como ella se fue, él se escapó de debajo del sofá.

그녀가 나가자마자 그는 소파 밑에서 재빨리 빠져나왔다.

Y se estiró y resopló aliviado.

그는 몸을 쭉 뻗고 안도의 한숨을 내쉬었다.

Así recibía Gregorio comida de vez en cuando.

그레고르는 이런 식으로 종종 음식을 구했습니다.

Su hermana le dio de comer una vez temprano en la mañana.

그의 누나가 이른 아침에 그에게 음식을 한 번 주었다.

A esta hora los padres y la criada todavía dormían.

이 시간에 부모님과 가정부는 아직 잠들어 있었다.

Y recibió una segunda comida después de que todos almorzaron.

그리고 그는 다른 사람들이 점심을 먹은 후에 두 번째 식사를 받았습니다.

Porque en ese momento los padres también durmieron un rato.

그때 부모님도 잠시 주무셨기 때문입니다.

Y la doncella fue enviada por su hermana a hacer algún recado.

그리고 하녀는 언니의 심부름 때문에 어딘가로 보내졌다.

Ciertamente no tenían intención de dejar morir de hambre a Gregor.

그들은 그레고르를 굶겨 죽일 의도는 전혀 없었다.

Pero tampoco hubieran querido verlo comer.

하지만 그들도 그가 밥 먹는 모습을 보고 싶어 하지는 않았을 것이다.

Lo que mencionó la hermana fue suficiente información.

여동생이 말한 내용만으로도 충분한 정보였다.

Quizás era su manera de ahorrarles dolor a los padres.

어쩌면 그것은 부모님께 슬픔을 안겨드리지 않으려는 그녀의 방식이었을지도 모릅니다.

Ya habían sufrido bastante por sus acciones.

그들은 이미 그의 행동으로 충분히 고통받았다.

El primer día se iba convirtiendo poco a poco en un recuerdo lejano.

첫날은 서서히 아득한 기억이 되어가고 있었다.

Gregor no tenía forma de saber lo que pasó ese día.

그레고르는 그날 무슨 일이 일어났는지 알 길이 없었다.

¿Cómo fue guiado el cerrajero fuera del apartamento?

열쇠공은 어떻게 아파트 밖으로 안내되었나요?

¿Con qué excusas quedó finalmente satisfecho el médico?

의사는 결국 어떤 변명을 듣고 납득했습니까?

No había encontrado ningún modo de hacerse entender.

그는 자신을 이해시킬 방법을 찾지 못했다.

Ni siquiera logró comunicarse con su hermana.

그는 여동생과 연락조차 할 수 없었다.

Y entonces pensaron que no podía entenderlos.

그래서 그들은 그가 자신들의 말을 이해하지 못한다고 생각했습니다.

Y por eso no se hizo ningún esfuerzo para hablar con él.

그래서 아무도 그에게 말을 걸려고 노력하지 않았습니다.

Su hermana entraba en su habitación todas las mañanas y a la hora del almuerzo.

그의 여동생은 매일 아침과 점심에 그의 방으로 들어왔다.

Pero él tuvo que contentarse con escuchar sus suspiros.

하지만 그는 그녀의 한숨 소리를 듣는 것으로 만족해야 했다.

Más tarde se acostumbró un poco más a la forma de Gregor.

나중에 그녀는 그레고르의 모습에 조금 더 익숙해졌다.

Y se sintió un poco más libre para hacer más comentarios.

그리고 그녀는 좀 더 자유롭게 의견을 말할 수 있다고 느꼈습니다.

(Aunque nunca se acostumbraría del todo a él.)

(물론 그녀는 그에게 완전히 익숙해지지는 않았다.)

Y entonces Gregor se sintió nuevamente hablado un poco más.

그러자 그레고르는 다시 누군가에게 말을 걸어오는 듯한 느낌을 받았다.

Y captó lo que percibió como comentarios amistosos.

그리고 그는 자신이 우호적인 발언이라고 인식한 것들을 포착했습니다.

"Disfrutó su comida hoy" o "comió todo".

"그는 오늘 음식을 맛있게 먹었다" 또는 "그는 남김없이 다 먹었다."

Pero eso fue sólo cuando hubo comido toda su comida.

하지만 그건 그가 음식을 다 먹고 난 후에야 그랬다.

Pero últimamente esto se está volviendo cada vez menos frecuente.

하지만 최근 들어 이런 일은 점점 드물어지고 있었습니다.

"Apenas tocaba la comida", decía ella con más frecuencia ahora.

"그는 음식을 거의 먹지 않았어요." 그녀는 이제 더 자주 그렇게 말했다.

Y había un toque de tristeza en su voz cada vez.

그녀의 목소리에는 매번 슬픔이 묻어났다.

Gregor no pudo escuchar ninguna otra noticia más directamente.

그레고르는 이보다 더 직접적으로 들을 수 있는 소식은 없었다.

Pero escuchó muchas noticias de las habitaciones contiguas.

하지만 그는 옆방에서 들려오는 많은 소식을 우연히 듣게 되었다.

Al oír voces corrió hacia la puerta correspondiente.

그는 목소리가 들리자 해당 문으로 달려갔다.

Y apretó todo su cuerpo contra la puerta para escuchar.

그는 귀를 기울이기 위해 온몸을 문에 바짝 붙였다.

Todas las conversaciones le concernían de una manera u otra.

모든 대화는 어떤 식으로든 그와 관련이 있었다.

Incluso cuando el tema parecía ser sobre otra cosa.

주제가 전혀 다른 것처럼 보일 때조차도.

Esta observación fue especialmente cierta en los primeros tiempos.

이러한 관찰은 특히 초창기에 두드러졌습니다.

Durante cada comida repetían la misma discusión.

그들은 매 식사 시간마다 똑같은 이야기를 반복했다.

Todavía no estaban seguros de cómo comportarse a su alrededor.

그들은 여전히 그에게 어떻게 행동해야 할지 확신하지 못했다.

Pero el mismo tema también se discutió entre comidas.

하지만 식사 시간 사이에도 같은 주제가 논의되었다.

Porque siempre había dos miembros de la familia en casa.

집에 항상 가족 구성원 두 명이 있었기 때문입니다.

Nadie quería quedarse solo en la casa.

아무도 혼자 집에 있고 싶어하지 않았다.

Pero dejar el piso vacío tampoco era una opción.

하지만 아파트를 비워두는 것도 불가능한 일이었다.

La criada era la única que no estaba atada al apartamento.

가정부는 아파트에 얽매이지 않은 유일한 사람이었다.

Ella ya había pedido irse el primer día.

그녀는 첫날부터 떠나겠다고 요청했었다.

Ella se puso de rodillas y pidió que la despidieran.

그녀는 무릎을 꿇고 해고해 달라고 애원했다.

La familia no sabía cuánto sabía realmente la criada.

가족들은 가정부가 실제로 얼마나 알고 있는지 몰랐다.

En ese momento ella no había visto más que nadie.

그 당시 그녀는 다른 사람들보다 더 많은 것을 본 것은 아니었다.

Lo sucedido todavía era un misterio para la familia.

무슨 일이 일어났는지는 가족들에게 여전히 미스터리였다.

Pero un cuarto de hora después se despidió.

하지만 15분 후 그녀는 작별 인사를 했다.

Y agradeció a la familia con lágrimas en los ojos.

그리고 그녀는 눈물을 글썽이며 가족들에게 감사를 표했습니다.

Pero en realidad les agradeció por haberla liberado.

하지만 사실 그녀는 자신을 풀어준 것에 대해 그들에게 감사했다.

Parecían haberle mostrado la mayor bondad.

그들은 그녀에게 지극한 친절을 베푼 것 같았다.

Incluso hizo un juramento sin que se lo pidieran.

그녀는 요청받지도 않았는데 맹세까지 했다.

Dijo que no le contaría a nadie lo que había sucedido.

그녀는 일어난 일을 아무에게도 말하지 않겠다고 했다.

Ahora la hermana tenía que cocinar junto con su madre.

이제 여동생은 어머니와 함께 요리를 해야 했다.

Pero esto realmente no era un gran inconveniente.

하지만 사실 이것은 그다지 큰 불편함은 아니었습니다.

Porque de todas formas los dos no comían casi nada.

어차피 그 둘은 거의 아무것도 안 먹었으니까.

Gregor escuchó una y otra vez la misma conversación.

그레고르는 똑같은 대화를 계속해서 엿듣게 되었다.

Una persona le decía a otra que tenía que comer más.

한 사람이 다른 사람에게 더 많이 먹어야 한다고 말하고 있었다.

Pero esa persona no recibió ninguna respuesta de la persona.

하지만 그 사람은 상대방으로부터 아무런 답변도 받지

못했습니다.

"Gracias, tengo suficiente", o algo similar.

"고맙습니다, 저는 충분합니다." 또는 이와 비슷한 말.

Quizás ya no bebían nada tampoco.

어쩌면 그들도 더 이상 아무것도 마시지 않았을지도 몰라.

La hermana a menudo le preguntaba a su padre si quería cerveza.

여동생은 아버지에게 맥주를 드시고 싶냐고 자주 물었다.

Y ella misma se ofreció calurosamente a ir a buscar la cerveza.

그러자 그녀는 흔쾌히 직접 맥주를 가져다주겠다고 제안했다.

El padre siempre permanecía en silencio ante su petición.

아버지는 그녀의 요청에 항상 침묵을 지켰다.

Así que la hermana tuvo que encontrar una manera de eliminar cualquier duda.

그래서 여동생은 모든 의심을 없앨 방법을 찾아야 했다.

Y ella dijo que enviaría a la criada a buscar algo de cerveza.

그러자 그녀는 하녀를 시켜 맥주를 가져오게 하겠다고 말했다.

Pero entonces el padre finalmente dijo un gran y rotundo "no".

하지만 그때 아버지는 마침내 크고 우렁찬 목소리로 "안 돼"라고

말했다.

Luego ya no se volvió a mencionar el tema de tomar una cerveza.

그러자 그가 맥주를 마셨다는 이야기는 더 이상 나오지 않았다.

Ya había explicado anteriormente la situación financiera.

그는 이미 전에 재정 상황에 대해 설명했었습니다.

De hecho, mencionó las finanzas el primer día.

사실 그는 첫날부터 재정 문제를 언급했습니다.

Les hizo saber perfectamente cuáles eran las perspectivas.

그는 그들에게 앞으로의 전망이 어떠한지 분명히 알려주었다.

Su propio negocio se había derrumbado hacía unos cinco años.

그의 사업은 약 5년 전에 망했다.

De vez en cuando se levantaba para abandonar la mesa.

그는 가끔씩 자리에서 일어나 테이블을 떠났다.

Y se dirigió a la caja registradora de su antiguo negocio.

그리고 그는 예전에 일했던 가게의 계산대로 갔다.

Había salvado la caja registradora por sentimentalismo.

그는 감상적인 마음에 계산대를 버리지 않고 보관해 두었다.

Gregor lo oyó abrir una cerradura pesada y complicada.

그레고르는 그가 무겁고 복잡한 자물쇠를 푸는 소리를 들었다.

Y sacó recibos y libros de la caja.

그는 금전함에서 영수증과 장부를 꺼냈다.

Después de tomar los objetos volvió a cerrar la caja fuerte.

그는 물건들을 챙긴 후 다시 금고를 잠갔다.

Gregor no había tenido buenas noticias desde su encarcelamiento.

그레고르는 투옥된 이후로 좋은 소식을 전혀 듣지 못했다.

Pensó que el negocio había llevado a la quiebra a su padre.

그는 사업 때문에 아버지가 파산했다고 생각했다.

El padre seguramente le había dado esa impresión a Gregor.

아버지는 분명 그레고르에게 그런 인상을 주었다.

Y Gregor nunca le preguntó más sobre las finanzas.

그리고 그레고르는 그에게 재정 문제에 대해 더 이상 묻지 않았다.

Gregor quería hacer todo lo posible para ayudar a la familia.

그레고르는 그 가족을 돕기 위해 할 수 있는 모든 것을 하고 싶었다.

Quería ayudarlos a olvidar la desgracia empresarial.

그는 그들이 사업 실패를 잊도록 돕고 싶었다.

La quiebra que provocó la desesperanza más completa.

완전한 절망을 가져온 파산.

Así que empezó a trabajar con una pasión muy especial.

그래서 그는 아주 특별한 열정을 가지고 일을 시작했습니다.

Se había convertido en un vendedor ambulante casi de la noche a la mañana.

그는 거의 하룻밤 사이에 순회 판매원이 되었다.

Antes de eso, sólo había trabajado como empleado con un salario bajo.

그 전에는 그는 그저 저임금 사무원으로 일했을 뿐이었다.

Ahora tenía oportunidades de ingresos completamente diferentes.

이제 그는 완전히 다른 수입 기회를 갖게 되었다.

Las ventas exitosas podrían convertirse inmediatamente en efectivo.

판매가 성공적으로 이루어지면 즉시 현금으로 전환될 수 있습니다.

El dinero en efectivo, por supuesto, se paga con sus comisiones.

물론 현금은 그의 수수료에서 지급되는 것입니다.

Ahora Gregor podía poner dinero en la mesa familiar.

이제 그레고르는 가족의 식탁에 돈을 올릴 수 있게 되었다.

Y estaban asombrados y contentos con sus ganancias.

그들은 그의 수입에 놀라면서도 기뻐했다.

Pero esos tiempos hermosos no se repetirán nuevamente.

하지만 그 아름다운 시절은 다시는 반복되지 않을 것이다.

Apenas se habían acostumbrado a esos buenos tiempos.

그들은 이제 막 이런 좋은 시절에 익숙해졌을 뿐이었다.

Cada día de pago la familia aceptaba el dinero con gratitud.

가족들은 월급날마다 감사하는 마음으로 돈을 받았습니다.

Y Gregor estaba igualmente feliz de entregar el dinero.

그리고 그레고르 역시 기꺼이 돈을 건네주었습니다.

Pero el cálido afecto que recibía a cambio fue muriendo lentamente.

하지만 그에 대한 따뜻한 애정은 서서히 사라져 갔다.

Sólo su hermana permaneció tan cerca de Gregor como antes.

오직 그의 여동생만이 예전처럼 그레고르와 가까운 사이로 남았다.

Ella, a diferencia de Gregor, tenía un profundo aprecio por la música.

그녀는 그레고르와는 달리 음악에 대한 깊은 애정을 가지고 있었다.

Y ella sabía tocar el violín de una manera muy conmovedora.

그리고 그녀는 바이올린을 아주 감동적으로 연주할 줄 알았습니다.

Gregor planeó en secreto enviarla a la escuela de música.

그레고르는 몰래 그녀를 음악학교에 보낼 계획을 세웠다.

Aún no había decidido cómo pagaría los gastos.

그는 아직 경비를 어떻게 충당할지 결정하지 못했다.

Pero de una forma u otra cubriría los costos.

하지만 그는 어떻게든 비용을 부담할 것이다.

De vez en cuando Gregor y su familia hacían pequeños viajes.

그레고르와 가족들은 가끔 짧은 여행을 가곤 했습니다.

Gregor y su hermana abordaron este tema con frecuencia.

그레고르와 그의 여동생은 그 주제를 자주 꺼냈다.

Pero sólo se mencionó como una idea maravillosa.

하지만 그것은 그저 훌륭한 아이디어로만 언급되었을 뿐입니다.

Realmente no creían que el sueño pudiera realizarse.

그들은 그 꿈이 실현될 수 있다고 진심으로 믿지 않았다.

Y a los padres no les gustaban esas ambiciones fantasiosas.

그리고 부모님은 그런 허황된 포부를 좋아하지 않으셨습니다.

Incluso cuando el tema se planteó de manera muy inocente.

아주 순수한 의도로 이야기가 나왔을 때조차도요.

Pero Gregor seguía pensando en la escuela de música.

하지만 그레고르는 계속해서 음악학교에 대해 생각했다.

Y tenía pensado anunciar el regalo en Nochebuena.

그리고 그는 크리스마스 이브에 선물을 발표할 계획이었다.

Por supuesto, en su estado actual sería imposible.

물론 그의 현재 상태로는 불가능하겠죠.

Pero ese tipo de pensamientos pasaban por su cabeza.

하지만 그런 생각들이 그의 머릿속을 스쳐 지나갔다.

Y tenía estos pensamientos mientras escuchaba a la familia.

그는 가족들의 이야기를 들으면서 그런 생각들을 했다.

A veces se cansaba demasiado para seguir escuchándolos.

때때로 그는 너무 지쳐서 그들의 말을 계속 듣는 것이 힘들었다.

Su cabeza cayó contra la puerta por el cansancio.

그는 피로에 지쳐 머리를 문에 기대었다.

Pero inmediatamente volvió a apoyar la cabeza contra la puerta.

하지만 그는 곧바로 다시 문에 머리를 기댔다.

Porque incluso el ruido más leve se podía oír afuera.

아주 작은 소음이라도 밖에서 들렸기 때문입니다.

Y cualquier ruido que hacía hacía que la familia se quedara en silencio.

그가 어떤 소음을 내더라도 가족들은 모두 조용해졌다.

"¿Qué está haciendo ahora?" preguntó el padre a la familia.

"지금 그는 뭘 하고 있나요?" 아버지가 가족에게 물었다.

Y fue a la puerta para comprobar qué era aquel ruido.

그는 무슨 소리인지 확인하려고 문으로 갔다.

Y luego la conversación interrumpida se reanudó
gradualmente.

그러자 중단되었던 대화가 서서히 다시 이어졌다.

Pero lo que dijo el padre sorprendió positivamente a todos.

하지만 아버지가 한 말은 모두를 놀라게 했다.

Gregor ahora conoció la verdadera situación de las finanzas.

그레고르는 이제 재정 상황의 진정한 실체를 알게 되었다.

A pesar de todas las desgracias, hubo algo de buena suerte.

온갖 불행에도 불구하고, 다행스러운 일도 있었다.

Aún quedaba allí una muy pequeña fortuna de los viejos
tiempos.

옛날에 남겨진 아주 작은 재산이 아직 그곳에 있었다.

El padre explicó las cosas, pero tuvo que repetirlas.

아버지는 상황을 설명했지만, 같은 말을 반복해야 했습니다.

Porque hacía tiempo que no se ocupaba de estas cosas.

그가 한동안 이런 문제들을 처리하지 않았기 때문입니다.

Y porque la madre no entendía tales cosas.

어머니는 그런 것들을 이해하지 못하셨기 때문입니다.

Los tipos de interés del banco habían subido un poco.

은행 금리가 약간 올랐다.

El dinero intacto había aumentado más de lo esperado.

사용하지 않은 자금이 예상보다 더 늘어났다.

Además Gregor siempre les había dado sus ahorros.

게다가 그레고르는 항상 그들에게 자신의 저축금을 주었다.

Sólo había conservado unos pocos florines para sí.

그는 늘 자신을 위해 몇 길더밖에 남겨두지 않았다.

Y su dinero aún no se había agotado por completo.

그리고 그의 돈도 아직 완전히 다 써버린 것은 아니었다.

En conjunto, este dinero se había acumulado hasta formar
un pequeño capital.

이 돈이 모여 작은 자본금을 이루었다.

Gregor, detrás de su puerta, asintió con entusiasmo ante la noticia.

그레고르는 방문 뒤에서 그 소식에 고개를 끄덕이며 기뻐했다.

Le agradó esta inesperada cautela y frugalidad.

그는 이러한 예상치 못한 신중함과 검소함에 만족했다.

Los fondos sobrantes podrían haberse utilizado para pagar la deuda.

잉여 자금은 부채 상환에 사용될 수 있었을 것이다.

Entonces ya no le deberían nada al patrón.

그러면 그들은 더 이상 사장에게 아무것도 빚지지 않았을 것이다.

Y Gregor podría haber cambiado de trabajo mucho antes.

그리고 그레고르는 훨씬 더 빨리 새로운 직장으로 옮길 수도 있었습니다.

Pero ahora la manera como el padre lo dispuso estaba mucho mejor.

하지만 아버지가 마련해 주신 방법은 이제 훨씬 더 나아졌다.

El dinero no era suficiente para vivir de los intereses.

그 돈으로는 이자만으로는 생활하기에 충분하지 않았다.

Y había que reservar algo de dinero para emergencias.

그리고 비상시에 대비해 일정 금액은 따로 떼어 놓아야 했습니다.

Sólo habría sido suficiente dinero para uno o dos años.

그 돈으로는 1년이나 2년 정도밖에 버틸 수 없었을 겁니다.

Esto significaba que alguien tenía que ganar dinero para que pudieran vivir.

이는 그들이 살아가기 위해서는 누군가가 돈을 벌어야 한다는 것을 의미했습니다.

El padre no estaba enfermo y era bastante fuerte.

아버지는 건강에 이상이 없었고, 충분히 강인하셨다.

Pero llevaba más de cinco años sin trabajo.

하지만 그는 5년 넘게 실직 상태였다.

Y, debido a su edad, le quedaba poca confianza en sí mismo.

그리고 나이 때문에 그는 자신감이 거의 남아 있지 않았습니다.

También había engordado mucho en los últimos tiempos.

그는 최근 들어 살이 많이 쪘다.

Su vida siempre había sido ardua y sin éxito.

그의 삶은 언제나 고난으로 가득했고 성공적이지 못했다.

Y éstas habían sido las primeras vacaciones que había tenido.

그리고 이것은 그가 생애 처음으로 갖게 된 휴가였다.

Y sin estar ocupado se había vuelto bastante torpe.

할 일이 없으니 그는 꽤 서투르게 변해버렸다.

¿Sería mejor si la anciana madre ganara el dinero?

노모가 직접 돈을 버는 게 더 나을까요?

La anciana madre que sufría de asma.

천식을 앓고 있던 노모.

La anciana madre que luchaba por subir las escaleras.

계단을 오르는 데 힘겨워하는 노모.

La anciana madre que pasaba el tiempo tumbada en el sofá.

소파에 누워 시간을 보내는 노모.

La anciana madre que prefería quedarse junto a la ventana.

창가에 앉아 있기를 좋아하던 노모.

Para poder recuperar el aliento cuando lo necesitara.

숨을 고를 필요가 있을 때 숨을 고를 수 있도록 하기 위해서였다.

¿Sería mejor si la hermana joven ganara el dinero?

여동생이 돈을 버는 게 더 나을까요?

La hermana, que a sus diecisiete años era todavía apenas una niña.

그 여동생은 열일곱 살이었지만 여전히 어린아이에 불과했다.

La hermana que sólo tuvo unos pocos placeres modestos.

소박한 즐거움 몇 가지밖에 누리지 못했던 여동생.

La hermana a quien le gustaba principalmente tocar el violín.

주로 바이올린 연주를 즐겼던 여동생.

Ella sabía que su anterior forma de vida era muy envidiable;

그녀는 자신의 이전 생활 방식이 매우 부러웠다는 것을 알고
있었다.

Vestirse bien, levantarse tarde, ayudar en la casa.

옷을 잘 차려입고, 늦잠 자고, 집안일을 돕는 것.

**La conversación a menudo giraba en torno a la necesidad de
ganar dinero.**

대화는 종종 돈을 벌어야 한다는 필요성에 대한 이야기로
이어졌다.

Gregor siempre era el primero en soltar la puerta.

그레고르는 언제나 제일 먼저 문을 놓는 사람이었다.

La conversación lo puso caliente de vergüenza y dolor.

그 대화는 그에게 수치심과 슬픔을 안겨주었다.

Entonces se dejó caer en el refrescante sofá de cuero.

그래서 그는 식어가는 가죽 소파에 몸을 던졌다.

Y a menudo pasaba el resto de la noche en el sofá.

그리고 그는 종종 밤의 나머지 시간을 소파에서 보냈습니다.

Nunca durmió realmente en el sofá, ni tampoco por la noche.

그는 소파에서 잠을 잔 적이 거의 없었고, 밤에도 마찬가지였다.

**A menudo, simplemente se quedaba rascando el cuero
durante horas y horas.**

그는 종종 몇 시간이고 가죽을 긁적거렸다.

Otras veces empujaba el sillón hacia la ventana.

그는 가끔 안락의자를 창가로 밀어놓기도 했다.

Esto solo requirió un gran esfuerzo de su parte.

이것만으로도 그는 상당한 노력을 기울여야 했다.

El sillón le ayudó a subirse al alféizar de la ventana.

안락의자는 그가 창틀 위로 기어 올라가는 데 도움이 되었다.

Y desde allí pudo apoyarse en la ventana.

그리고 그는 그곳에서 창문에 기대설 수 있었다.

Solía sentir una gran sensación de libertad al hacer esto.

그는 예전에 이렇게 할 때 큰 자유를 느끼곤 했다.

Quizás estaba buscando algún viejo sentimiento liberador.

어쩌면 그는 예전에 느꼈던 해방감을 되찾고 싶었던 걸지도 몰라.

Pero su visión no era tan nítida como solía ser.

하지만 그의 시력은 예전만큼 좋지 않았다.

Las cosas a cierta distancia se veían borrosas e indistintas.

조금 떨어진 사물들은 흐릿하고 불분명했다.

Ya no podía ver el hospital al otro lado de la calle.

그는 더 이상 길 건너편 병원을 볼 수 없었다.

Antes había maldecido la vista, ahora quería verla.

전에는 그 경치를 저주했던 그가 이제는 보고 싶어졌다.

Sabía que vivía en la tranquila y urbana Charlottenstrasse.

그는 자신이 조용하고 한적한 도심 거리인 샬로텐슈트라세에
살고 있다는 것을 알고 있었다.

Pero podría haber pensado que estaba mirando el desierto.

하지만 그는 자신이 사막을 보고 있다고 생각했을지도 모릅니다.

Un páramo donde el cielo gris y la tierra gris se fusionaban.

회색 하늘과 회색 땅이 하나로 합쳐진 황무지.

La atenta hermana notó dos veces que la silla se había
movido.

세심한 언니는 의자가 움직인 것을 두 번이나 알아챘다.

Después de ordenar, empujó la silla hacia la ventana.

정리를 마친 그녀는 의자를 창가 쪽으로 밀어 놓았다.

Y a partir de ahora incluso dejó la ventana abierta.

그리고 그녀는 이제부터 창틀을 열어둔 채로 다녔다.

Gregor realmente hubiera deseado poder hablar con su
hermana.

그레고르는 여동생과 이야기를 나눌 수 있었으면 하고 진심으로
바랐다.

Quería agradecerle por todo lo que hizo por él.

그는 그녀가 자신을 위해 해준 모든 것에 대해 감사를 표하고
싶었다.

Entonces habría tolerado más fácilmente sus servicios.

그랬다면 그는 그들의 서비스를 훨씬 더 쉽게 받아들였을 것이다.

Pero tal como estaban las cosas, él sufrió por su ayuda.

하지만 상황은 오히려 그녀의 도움 때문에 그가 고통받게 되었다.

La hermana, por supuesto, intentó disimular la vergüenza.

여동생은 당연히 당황스러움을 감추려고 애썼다.

**Y ella hizo todo lo posible para fingir que no se sentía
agobiada.**

그리고 그녀는 부담감을 느끼지 않는 척 최선을 다했다.

Por supuesto, esto es algo que tenía que practicar primero.

물론 이것은 그녀가 먼저 연습해야 했던 일이었다.

Y cuanto más tiempo pasaba, mejor lo hacía.

시간이 흐를수록 그녀는 점점 더 능숙해졌다.

**Pero a Gregor también se le dio más tiempo para ver su
pretensión.**

하지만 그레고르는 그녀의 가식을 알아챌 시간을 더 얻게 되었다.

Incluso su entrada a su habitación fue una prueba para él.

그녀가 그의 방에 들어오는 것조차 그에게는 고통스러운
일이었다.

Tan pronto como entró, corrió directamente a la ventana.

그녀는 들어오자마자 곧장 창문으로 달려갔다.

Ni siquiera se tomó el tiempo de cerrar la puerta.

그녀는 문을 닫을 시간조차 없었다.

**Normalmente ella evitaba que todos vieran la habitación de
Gregor.**

평소 그녀는 누구에게도 그레고르의 방을 보여주지 않으려고
애썼다.

Y abrió la ventana de golpe con manos apresuradas.

그녀는 서둘러 창문을 확 열어젖혔다.

Luego volvió a respirar como si se estuviera asfixiando.

그러자 그녀는 마치 숨이 막혔던 것처럼 다시 숨을 쉬었다.

El aire que entraba era frío y ella respiraba profundamente.

들어오는 공기가 차가워서 그녀는 깊이 숨을 들이쉬었다.

Pero aún así se quedó junto a la ventana por un rato.

하지만 그럼에도 불구하고 그녀는 한동안 창가에 머물렀다.

Con esta rutina asustaba a Gregor dos veces al día.

그녀는 이런 행동으로 하루에 두 번씩 그레고르를 놀라게 했다.

Mientras ella estaba en la habitación él temblaba debajo del sofá.

그녀가 방에 있는 동안 그는 소파 밑에서 떨고 있었다.

Él sabía que a ella le habría gustado ahorrarle esa terrible experiencia.

그는 그녀가 자신에게 그런 시련을 겪게 하지 않으려 했을 거라는 걸 알고 있었다.

Pero ella no podía estar en la habitación con la ventana cerrada.

하지만 그녀는 창문이 닫힌 방에 있을 수 없었다.

Hubo una ocasión en que ella llegó un poco antes.

한번은 그녀가 평소보다 조금 일찍 온 적이 있었어요.

Probablemente alrededor de un mes después de la transformación de Gregor.

아마 그레고르가 변신한 지 한 달쯤 후일 겁니다.

Ella se había acostumbrado un poco a su nueva apariencia.

그녀는 그의 새로운 모습에 어느 정도 익숙해져 있었다.

Así que ya no tenía por qué estar particularmente sorprendida.

그래서 그녀는 더 이상 특별히 놀랄 이유가 없었다.

Ella lo encontró todavía mirando por la ventana, inmóvil.

그녀는 그가 여전히 창밖을 멍하니 바라보고 있는 것을 발견했다.

Estaba en el lugar más horrible en el que podría haber estado.

그는 최악의 상황에 처해 있었다.

No le habría sorprendido si ella no hubiera entrado.

그녀가 들어오지 않았더라도 그는 놀라지 않았을 것이다.

Donde le impidió abrir la ventana.

그는 그녀가 창문을 여는 것을 막았다.

Ella salió rápidamente de la habitación y cerró la puerta.

그녀는 재빨리 방을 나가 문을 닫았다.

Un extraño podría haber llegado a todo tipo de conclusiones.

낯선 사람은 온갖 결론을 내릴 수 있었을 것이다.

Quizás sólo estaba esperando la oportunidad de morderla.

어쩌면 그는 그녀를 물 기회를 기다리고 있었던 것일지도 모른다.

Gregor, por supuesto, se escondió inmediatamente debajo del sofá.

그레고르는 당연히 즉시 소파 밑으로 숨었다.

Pero tuvo que esperar hasta el mediodía para que su hermana regresara.

하지만 그는 여동생이 돌아올 때까지 정오까지 기다려야 했다.

Y ella parecía mucho más inquieta que de costumbre.

그리고 그녀는 평소보다 훨씬 더 안절부절못하는 것처럼 보였다.

Se dio cuenta de que verlo todavía era insoportable.

그는 그 남자의 모습이 여전히 견딜 수 없을 만큼 끔찍하다는 것을 깨달았다.

Verlo seguiría siendo insoportable para ella.

그녀에게 그의 모습은 영원히 견딜 수 없는 광경으로 남을 것이다.

Probablemente no podría soportar ver ninguna parte de él.

그녀는 아마 그의 어떤 부분도 차마 볼 수 없었을 것이다.

Siempre sobresalía una pequeña parte de debajo del sofá.

소파 밑으로 작은 부분이 항상 튀어나와 있었다.

Un día llevó una sábana sobre su espalda hasta el sofá.

어느 날 그는 침대 시트를 등에 메고 소파로 갔다.

Quería evitar que ella viera cualquier parte de él.

그는 그녀가 자신의 어떤 부분도 보지 못하게 하고 싶었다.

Él dispuso la sábana de tal manera que todo él quedara oculto.

그는 자신의 몸이 완전히 가려지도록 침대 시트를 정리했다.

Incluso si se agachara no podría verlo.

그녀가 몸을 굽혀도 그를 볼 수 없을 것이다.

Todo el esfuerzo le llevó a Gregor más de tres horas.

그 모든 작업에 그레고르는 세 시간 이상을 들였다.

Quizás pensó que la sábana era innecesaria.

그녀는 침대 시트가 필요 없다고 생각했을지도 모른다.

Ella habría sabido que él no quería la sábana.

그녀는 그가 침대 시트를 원하지 않는다는 것을 알았을 것이다.

Lo hacía para su comodidad, no para la suya propia.

그는 그녀를 편안하게 해주려고 그렇게 한 것이지, 자신을 위해서 한 것이 아니었다.

Y podría haber quitado la sábana si hubiera querido.

그리고 그녀는 원했다면 침대 시트를 벗을 수도 있었다.

Pero dejó la sábana donde Gregor la había puesto.

하지만 그녀는 그레고르가 놓아둔 침대 시트를 그대로 두었다.

Y Gregor incluso creyó haber captado una mirada de agradecimiento.

그리고 그레고르는 상대방이 고마워하는 눈빛을 보냈다고 생각했다.

Había levantado suavemente la sábana con la cabeza.

그는 머리로 침대 시트를 살며시 들어 올렸다.

Quería ver si a su hermana le gustaba el arreglo.

그는 여동생이 그 상황을 좋아하는지 확인하고 싶었다.

Las dos primeras semanas fueron las más difíciles para los padres.

처음 두 주는 부모들에게 가장 힘든 시기였습니다.

No pudieron animarse a entrar y verlo.

그들은 차마 안으로 들어와 그를 만날 수 없었다.

Escuchó muchas de sus conversaciones en ese momento.

그는 그 당시 그들의 대화를 많이 엿들었다.

Reconocieron plenamente todo lo que hacía la hermana.

그들은 여동생이 하는 모든 일을 완전히 인정했습니다.

Aunque solían estar molestos con ella a menudo.

비록 그들은 예전에는 그녀에게 자주 짜증을 냈지만.

Porque ella parecía ser una chica un tanto inútil.

그녀가 다소 쓸모없는 소녀처럼 보였기 때문입니다.

Ahora eran ellos quienes esperaban al otro lado de la habitación.

이제 방 건너편에서 기다리는 건 그들의 차례였다.

Y fue ella quien entró en la habitación a hacer todo.

그리고 그 방에 들어가서 모든 일을 처리한 사람은 바로 그녀였습니다.

Tan pronto como salió quisieron saberlo todo.

그녀가 나오자마자 그들은 모든 것을 알고 싶어 했다.

Tenía que decirles exactamente cómo era la habitación.

그녀는 그들에게 방이 어떻게 생겼는지 정확하게 설명해야 했다.

¿Qué comió Gregor? ¿Cómo se comportó esta vez?

"그레고르는 뭘 먹었지? 이번에는 어떻게 행동했어?"

"¿Quizás se notó una ligera mejoría?"

"혹시라도 눈에 띄는 약간의 개선점이 있었을까요?"

La madre, por cierto, fue en realidad más valiente.

그런데 사실 어머니가 더 용감했어요.

Y por supuesto, era su propio hijo el que estaba dentro de la habitación.

물론 방 안에 있던 사람은 바로 그녀의 아들이었다.

En realidad quería visitar a Gregor relativamente pronto.

사실 그녀는 비교적 빠른 시일 내에 그레고르를 방문하고
싶어했다.
Pero al principio el padre y la hermana la frenaron.
하지만 아버지와 누나가 처음에는 그녀를 말렸습니다.
Le dieron argumentos muy racionales para que no fuera.
그들은 그녀가 가지 말아야 할 매우 합리적인 이유들을 제시했다.
Gregor escuchó con mucha atención sus razonamientos.
그레고르는 그들의 논리를 매우 주의 깊게 들었다.
Y él aceptó el razonamiento tanto como su madre.
그리고 그는 어머니와 마찬가지로 그 이유를 받아들였다.
Pero más tarde hubo que retenerla por la fuerza.
하지만 나중에 그녀는 강제로 제지당해야 했다.
"¡Déjame entrar con Gregor, es mi desdichado hijo!"
"그레고르를 안으로 들여보내 주세요. 그는 제 불쌍한
아들입니다!"
-¿No entiendes que tengo que ir a verlo?
"내가 그를 만나러 가야 한다는 걸 모르겠어?"
**Gregor también se dejó convencer por los argumentos de su
madre.**
그레고르 역시 어머니의 주장에 설득되었다.
Quizás tenía razón: sería bueno que entrara.
어쩌면 그녀 말이 맞을지도 몰라. 그녀가 들어오면 좋을 거야.
Venir a verlo todos los días sería demasiado.
매일 그를 보러 가는 건 너무 힘들 것 같다.
Pero verlo una vez a la semana podría ser suficiente.
하지만 일주일에 한 번 정도 만나는 것으로도 충분할지도 몰라요.
Ella podría entender las cosas mucho mejor que la hermana.
그녀는 언니보다 상황을 훨씬 더 잘 이해할지도 몰라요.
A pesar de todo su coraje, ella todavía era sólo una niña.

그토록 용감했음에도 불구하고, 그녀는 여전히 어린아이에
불과했다.

Quizás la imprudencia infantil la impulsó a aceptar esa tarea.

어쩌면 어린아이 같은 무모함 때문에 그 일을 맡았을지도 모른다.

Pero el deseo de Gregor de ver a su madre pronto se hizo realidad.

하지만 그레고르가 어머니를 보고 싶어 했던 소원은 곧

이루어졌습니다.

Durante el día Gregor se mantenía alejado de la ventana.

낮 동안 그레고르는 창문에서 멀리 떨어져 있었다.

Lo hizo por consideración a sus padres.

그는 부모님을 생각해서 그렇게 했습니다.

No tenía mucho espacio para arrastrarse por el suelo.

그는 바닥을 기어 다닐 공간이 많지 않았다.

Le resultaba difícil permanecer quieto durante la noche.

그는 밤에 가만히 누워 있는 것을 어려워했다.

Comer ya no le producía el más mínimo placer.

그는 더 이상 먹는 것에서 조금도 즐거움을 느끼지 못했다.

Por supuesto que tenía que encontrar alguna manera de distraerse.

당연히 그는 어떻게든 주의를 다른 데로 돌릴 방법을 찾아야 했다.

Para entretenerse se arrastraba por las paredes.

심심풀이로 그는 벽을 기어올랐다.

Y también se arrastró por el techo, boca abajo.

그리고 그는 거꾸로 매달린 채 천장을 기어 다니기도 했습니다.

Estaba especialmente feliz cuando colgaba del techo.

그는 천장에 매달려 있을 때 특히 행복해했다.

Fue completamente diferente a estar tendido en el suelo.

바닥에 누워있는 것과는 완전히 달랐다.

Le resultó mucho más fácil respirar en esta posición.

그는 이 자세에서 숨쉬기가 훨씬 편하다는 것을 알았다.

Una ligera pero agradable vibración recorrió su cuerpo.

미미하지만 기분 좋은 진동이 그의 몸을 타고 흘러갔다.

A veces incluso se relajaba demasiado en su felicidad.

때때로 그는 행복에 너무 푹 빠져버리기도 했다.

A veces se distraía y se soltaba del techo.

그는 가끔씩 주의가 산만해져서 천장에서 손을 놓곤 했다.

Y para su propia sorpresa, aterrizó de nuevo en el suelo.

그리고 놀랍게도 그는 다시 땅에 착지했다.

Pero tenía mucho mejor control de su cuerpo que antes.

하지만 그는 이전보다 훨씬 더 몸을 잘 제어할 수 있게 되었다.

Para que ahora no se haga daño con caídas tan fuertes.

그래서 그는 이제 그런 큰 낙상으로도 다치지 않았습니다.

La hermana notó inmediatamente el nuevo placer de Gregor.

여동생은 그레고르가 새롭게 즐거워하는 모습을 즉시 알아챘다.

Y había restos de adhesivo donde se había arrastrado.

그가 기어간 자리에는 접착제의 흔적이 남아 있었다.

Aquí nuevamente la hermana pensó en el bienestar de Gregor.

이때에도 여동생은 그레고르의 건강을 생각했다.

Quizás apreciaría más espacio para gatear.

아마 그는 기어 다닐 공간이 더 넓으면 좋아할 거예요.

Y la idea se instaló firmemente en su cabeza.

그리고 그 생각은 그녀의 머릿속에 확고히 자리 잡았다.

Algunos de los muebles de gran tamaño impedían su libre movimiento.

일부 큰 가구 때문에 그의 자유로운 움직임이 제한되었다.

Ya no trabajaba así que no necesitaba el escritorio.

그는 더 이상 일을 하지 않았기 때문에 책상이 필요 없었다.

Y la caja ocupaba más espacio del necesario. ***

그리고 그 상자는 필요 이상으로 공간을 많이 차지했어요.

La hermana no era capaz de mover estas cosas sola.

여동생은 혼자서는 이 물건들을 옮길 수 없었다.

Por supuesto que no se atrevió a pedirle ayuda al padre.

물론 그녀는 감히 아버지에게 도움을 요청할 엄두를 내지 못했다.

La criada seguramente tampoco la habría ayudado.

하녀도 분명 그녀를 도와주지 않았을 것이다.

La nueva criada era de hecho un año más joven que ella.

새로 온 가정부는 실제로 그녀보다 한 살 어렸다.

Ella había asumido valientemente el papel de ex sirvienta.

그녀는 용감하게 예전 가정부의 역할을 맡았다.

Pero había un privilegio que ella insistía en tener.

하지만 그녀가 꼭 누려야 한다고 고집했던 특권이 하나 있었다.

Ella quería mantener la cocina cerrada en todo momento.

그녀는 부엌 문을 항상 잠가두고 싶어했다.

Así que la hermana no tuvo más remedio que preguntarle a su madre.

그래서 여동생은 어머니에게 물어볼 수밖에 없었다.

Con gritos de emocionada alegría la madre acudió a ayudar.

어머니는 기쁨에 찬 비명을 지르며 도와주러 달려왔다.

Pero ella se quedó en silencio en la puerta de la habitación de Gregor.

하지만 그녀는 그레고르의 방 문 앞에서 아무 말도 하지 못했다.

La hermana comprobó que todo en la habitación estuviera bien.

수녀는 방 안의 모든 것이 괜찮은지 확인했다.

Gregor había tirado apresuradamente la sábana aún más fuerte.

그레고르는 급히 침대 시트를 더욱 팽팽하게 당겼다.

Aunque la sábana todavía parecía colocada al azar.

침대 시트는 여전히 아무렇게나 정리된 것처럼 보였다.

Y sólo entonces dejó que su madre entrara en la habitación.

그러고 나서야 그녀는 어머니를 방으로 들어오게 했다.

Gregor también se abstuvo de espiar desde debajo de la sábana.

그레고르는 이불 밑에서 몰래 엿보는 행위도 삼갔다.

Decidió no volver a ver a su madre esta vez.

그는 이번에는 어머니를 만나지 않기로 결정했다.

Gregor estaba muy contento de que ella hubiera entrado.

그레고르는 그녀가 와준 것만으로도 충분히 기뻤다.

"Pasa, no puedes verlo", dijo la hermana.

"들어와, 넌 그를 볼 수 없어."라고 여동생이 말했다.

Gregor supuso que ella llevaba a su madre de la mano.

그레고르는 그녀가 어머니의 손을 잡고 이끌고 갔을 거라고

짐작했다.

Entonces escuchó a las dos mujeres débiles moviendo los muebles.

그때 그는 연약한 두 여자가 가구를 옮기는 소리를 들었다.

La hermana parecía reclamar la mayor parte del trabajo para ella misma.

언니는 대부분의 일을 자기가 다 하는 것처럼 보였다.

Su madre temía que se esforzara demasiado.

어머니는 딸이 과로할까 봐 걱정했다.

Pero la hermana no hizo caso a estas advertencias.

하지만 그 여동생은 이러한 경고를 전혀 heed하지 않았다.

Pero incluso después de quince minutos el progreso era muy lento.

하지만 15분이 지나도 진행 속도는 매우 느렸습니다.

No habían conseguido mover los muebles muy lejos.

그들은 가구를 멀리 옮기지 못했다.

Poco a poco empezaron a sentir una sensación de derrota.

그들은 서서히 패배감을 느끼기 시작했다.

La madre fue la primera en admitir la inutilidad.

어머니는 그 노력이 헛되다는 것을 가장 먼저 인정했다.

"Quizás sería mejor dejar la caja aquí."

"상자를 여기에 두고 가는 게 나을 것 같네요."

"La caja es demasiado pesada para que podamos moverla mucho más lejos".

"상자가 너무 무거워서 더 이상 옮기기가 어렵습니다."

"Y no terminaremos antes de que llegue tu padre."

"그리고 당신 아버지가 오시기 전까지는 끝내지 않을 겁니다."

Dejar la caja aquí le bloquearía aún más el camino.

"상자를 여기에 두면 그의 길을 더욱 막을 것입니다."

"¿Y podemos estar seguros de que le estamos haciendo un favor?"

"우리가 그에게 호의를 베풀고 있는 거라고 확신할 수 있을까요?"

Comenzaron a pensar que bien podría ser cierto lo opuesto.

그들은 정반대가 사실일지도 모른다고 생각하기 시작했다.

La visión de la pared vacía pesó mucho en su corazón.

텅 빈 벽을 바라보니 그녀의 마음이 무거워졌다.

¿Quién diría que Gregor no se sentiría así también?

그레고르도 같은 생각을 하지 않을 거라고 누가 장담할 수 있겠어요?

"Ya está acostumbrado a los muebles de su habitación."

"그는 이미 자기 방에 있는 가구에 익숙해졌어요."

"Podría sentirse aún más abandonado en una habitación vacía".

"그는 텅 빈 방에서 더욱 버림받았다고 느낄지도 모릅니다."

Para entonces su voz se había reducido casi a un susurro.

이제 그녀의 목소리는 거의 속삭임에 가까워졌다.

En realidad no sabía el paradero exacto de Gregor.

그녀는 사실 그레고르의 정확한 행방을 알지 못했다.

Ella no quería ni siquiera que él escuchara el sonido de su voz.

그녀는 그가 자신의 목소리조차 듣지 않기를 바랐다.

Aunque ella estaba segura de que él no la entendía.

그녀는 그가 자신을 이해하지 못할 거라고 확신했다.

"¿No parecería como si lo hubiéramos abandonado por completo?"

"우리가 그를 완전히 포기한 것처럼 보이지 않을까요?"

"¿No sentirá que lo estamos dejando solo?"

"그는 우리가 그를 혼자 감당하게 내버려 둔다고 느끼지

않을까요?"

"Deberíamos dejar la habitación exactamente como estaba".

"우리는 방을 원래 모습 그대로 두고 나가야 합니다."

"Al final Gregor volverá con nosotros como antes."

"결국 그레고르는 예전처럼 우리에게 돌아올 거예요."

"Entonces encontrará que todo sigue en su lugar."

"그러면 그는 모든 것이 여전히 제자리에 있음을 알게 될 것이다."

"Y olvidará mucho más fácilmente el período interino".

"그리고 그는 그 과도기를 훨씬 더 쉽게 잊을 것입니다."

Cuando Gregor escuchó estas palabras se dio cuenta de algo.

그레고르는 이 말을 듣고 무언가를 깨달았다.

Su mente se había vuelto confusa durante los últimos dos meses.

지난 두 달 동안 그의 정신은 혼란스러워졌다.

La falta de interacción humana no había sido buena para él.

인간관계의 부재는 그에게 좋지 않았다.

Realmente necesitaba la vida monótona en medio de su familia.

그는 진정으로 가족과 함께하는 단조로운 삶이 필요했다.

¿Por qué si no habría hecho una exigencia tan absurda?

그렇지 않고서야 왜 그가 그런 터무니없는 요구를 했겠는가?

¿Qué sentido tenía vaciar su habitación?

그의 방을 비우는 게 대체 무슨 의미가 있었을까?

La cómoda habitación amueblada con muebles heredados.

물려받은 가구로 꾸며진 아늑한 방.

¿Por qué querría convertir ese calor conocido en una cueva?

그는 왜 이 익숙한 온기를 동굴로 바꾸고 싶어할까요?

Una cueva donde poder arrastrarse en todas direcciones en paz.

그가 마음 편히 사방으로 기어 다닐 수 있는 동굴.

Pero una cueva en la que olvidó rápidamente su pasado humano.

하지만 그는 동굴 속에서 인간 시절의 기억을 빠르게 잊어버렸다.

Tuvo que preguntarse si ya estaba cerca de olvidar.

그는 자신이 이미 기억을 잃어가고 있는 건 아닌지 궁금해졌다.

La voz de su madre lo había sacudido y lo había hecho recordar.

어머니의 목소리가 그를 흔들어 깨워 기억을 되살려냈다.

La voz que no había oído durante tanto tiempo.

그가 아주 오랫동안 듣지 못했던 목소리였다.

No había que quitar nada, todo tenía que quedar.

아무것도 제거해서는 안 되며, 모든 것이 그대로 남아 있어야 했다.

Los muebles influyeron positivamente en su condición.

가구는 그의 상태에 긍정적인 영향을 미쳤다.

Y no podría vivir sin este ancla en el pasado.

그리고 그는 과거와의 연결고리가 없이는 버틸 수 없었다.

Los muebles impedían que se arrastrara sin sentido.

가구 때문에 그는 생각 없이 기어 다닐 수 없었다.

Pero eso no fue una pérdida, sino más bien una gran ventaja.

하지만 그것은 손실이 아니라 오히려 큰 이점이었습니다.

Lamentablemente la hermana tenía una opinión muy diferente.

하지만 안타깝게도 여동생은 전혀 다른 의견을 가지고 있었습니다.

Ella se había convertido en una especie de portavoz de Gregor.

그녀는 어찌 보면 그레고르의 대변인 역할을 하게 되었다.
Por supuesto que su opinión no era del todo injustificada.
물론 그녀의 의견이 완전히 틀린 것은 아니었습니다.
Pero aquí la opinión de su madre tuvo que ser contradicha.
하지만 이 부분에서는 어머니의 의견에 반박해야 했습니다.
Ahora no era solo la caja la que había que retirar.
이제 치워야 할 것은 상자뿐만이 아니었다.
Ni su escritorio ni el armario podían permanecer allí.
그의 책상과 옷장도 그대로 둘 수는 없었다.
Lo único imprescindible era el sofá.
유일하게 없어서는 안 될 것은 소파였다.
Ella no decidió esto sólo por desafío infantil.
그녀가 이런 결정을 내린 것은 단순히 어린아이 같은 반항심
때문이 아니었다.
**Tampoco fue su recientemente adquirida confianza en sí
misma.**
그녀가 최근에 얻은 자신감 때문도 아니었다.
**La nueva confianza que tuvo que trabajar muy duro para
ganar.**
그녀는 승리를 위해 열심히 노력하면서 새로운 자신감을 얻었다.
Aunque nadie esperaba que ella pudiera hacerlo.
아무도 그녀가 해낼 거라고 예상하지 못했지만.
Gregor realmente necesitaba mucho espacio para gatear.
그레고르는 기어 다니려면 정말 넓은 공간이 필요했어요.
Los muebles sólo limitaban el espacio del que disponía.
가구는 그가 사용할 수 있는 공간을 제한했을 뿐이다.
Ella podía ver estas cosas mejor que la madre.
그녀는 어머니보다 이러한 점들을 더 잘 파악할 수 있었다.
Pero quizá su espíritu romántico también jugó un papel.
하지만 어쩌면 그녀의 낭만적인 성향도 한몫했을지도 모릅니다.
Las niñas de esa edad suelen desarrollar cierto entusiasmo.

그 나이 또래의 소녀들은 종종 특정한 열정을 갖게 된다.

Y sienten la necesidad de salirse con la suya siempre que pueden.

그리고 그들은 기회가 될 때마다 자기 뜻대로 하려는 욕구를 느낍니다.

Quizás por eso quería sabotearlo en secreto.

어쩌면 이것이 그녀가 그를 몰래 방해하려 했던 이유일지도 모른다.

Es aún más aterrador cuando se arrastra por las paredes.

그가 벽을 기어다닐 때는 훨씬 더 무섭다.

Los padres ya no se atrevían a entrar en la habitación.

부모들은 더 이상 감히 그 방에 들어오지 못했다.

Ella realmente sería la única cuidadora de su hermano.

그녀는 정말로 동생을 전적으로 돌봐야 할 것이다.

Ella no dejó que su madre la persuadiera de lo contrario.

그녀는 어머니의 설득에 넘어가지 않았다.

La madre de Gregor ya se sentía incómoda en la habitación.

그레고르의 어머니는 이미 방 안에서 불안감을 느끼고 있었다.

Pronto dejó de hablar y ayudó nuevamente a su hija.

그녀는 곧 말을 멈추고 다시 딸을 도왔다.

Con las fuerzas que les quedaban retiraron el armario.

그들은 남은 힘을 다해 옷장을 옮겼다.

La cómoda era algo de lo que podía prescindir.

서랍장은 그에게 없어도 되는 물건이었다.

Pero el escritorio tendría que quedarse allí por el momento.

하지만 책상은 당분간 그대로 둬야 할 것 같았다.

Mientras las mujeres estaban ausentes, trató de evaluar la habitación.

여자들이 나간 사이 그는 방의 상태를 살펴보려고 했다.

Y Gregor asomó la cabeza por debajo del sofá.

그러자 그레고르가 소파 밑에서 고개를 내밀었다.

Tenía que ver qué podía hacer con la situación.

그는 이 상황을 어떻게 해결할 수 있을지 알아봐야 했다.

Pero fue lo más cuidadoso y considerado posible.

하지만 그는 최대한 신중하고 사려 깊게 행동했습니다.

Desgraciadamente fue la madre quien regresó primero.

불행히도 먼저 돌아온 사람은 어머니였습니다.

Grete todavía estaba moviendo el armario en la habitación de al lado.

그레테는 여전히 옆방에서 옷장을 옮기고 있었다.

Pero la madre no estaba acostumbrada a ver a Gregor.

하지만 어머니는 그레고르의 모습에 익숙하지 않았다.

Incluso un simple vistazo a él podría haberla enfermado.

그를 잠깐이라도 보는 것만으로도 그녀는 병에 걸릴 수 있었다.

Gregor se apresuró a retroceder hasta el otro extremo del sofá.

그레고르는 서둘러 소파 맨 끝쪽으로 뒷걸음질 쳤다.

Pero no podía retroceder y equilibrar la sábana.

하지만 그는 뒤로 물러나 침대 시트의 균형을 잡을 수 없었다.

El movimiento fue suficiente para llamar la atención de la madre.

그 움직임만으로도 어머니의 관심을 끌기에 충분했다.

Ella hizo una pausa y se quedó muy quieta por un breve momento.

그녀는 걸음을 멈추고 잠시 동안 가만히 서 있었다.

Luego se dio la vuelta y salió de la habitación.

그러고 나서 그녀는 몸을 돌려 방 밖으로 나갔다.

Gregor seguía diciéndose a sí mismo que no había ocurrido nada inusual.

그레고르는 아무 일도 일어나지 않았다고 계속해서 스스로에게 되뇌었다.

"Son sólo algunos muebles que se han llevado".

"그냥 치워진 가구일 뿐이에요."

Pero pronto tuvo que admitir que los acontecimientos le afectaron.

하지만 그는 곧 그 사건들이 자신에게도 영향을 미쳤다는 것을 인정해야 했다.

Las mujeres habían estado diciendo todo lo que estaban haciendo.

그 여성들은 자신들이 하는 모든 행동을 미리 말해두고 있었다.

Habían estado caminando de un lado a otro por la habitación.

그들은 방 안을 왔다 갔다 하고 있었다.

El rayado de todos los muebles en el suelo.

가구들이 바닥에서 긁히는 소리.

Se sentía como si lo atacaran desde todos lados.

그는 사방에서 공격을 받는 듯한 기분을 느꼈다.

Apretó la cabeza y las piernas lo más fuerte que pudo.

그는 머리와 다리를 최대한 오므렸다.

Con todas sus fuerzas presionó su cuerpo contra el suelo.

그는 온 힘을 다해 몸을 땅에 눌렀다.

Sabía que no podría soportar todo esto por mucho más tiempo.

그는 이 모든 것을 더 이상 오래 견딜 수 없다는 것을 알았다.

Vaciaron su habitación y se llevaron todo lo que amaba.

그들은 그의 방을 싹 비우고 그가 아끼던 모든 것을 가져갔다.

Ya se habían llevado la caja que contenía todas sus herramientas.

그들은 이미 그의 모든 도구가 들어 있는 상자를 가져갔다.

Ahora estaban aflojando su pesado escritorio del suelo.

이제 그들은 그의 무거운 책상을 땅에서 들어 올리고 있었다.

El escritorio en el que había trabajado después de regresar del trabajo.

그가 퇴근 후 일을 시작했던 책상.

El escritorio en el que había escrito sus tareas comerciales.

그가 업무 관련 서류를 작성하던 책상.

El escritorio en el que había hecho sus deberes en la escuela secundaria.

그가 중학교 때 숙제를 하던 책상.

Sí, ya había tenido este pupitre en la escuela primaria.

네, 그는 초등학교 때부터 이 책상을 사용했었어요.

Realmente no tuvo tiempo de confirmar sus buenas intenciones.

그는 그들의 선의를 확인할 시간이 정말 없었다.

Aunque ya casi había olvidado que estaban allí.

그는 그들이 거기에 있다는 사실을 거의 잊고 있었지만 말이다.

Porque trabajaban en silencio, por el cansancio.

그들은 탈진 때문에 말없이 일하고 있었기 때문입니다.

Estaban demasiado cansados para anunciar sus movimientos ahora.

그들은 너무 지쳐서 이제 자신들의 이동 경로를 알릴 힘이 없었다.

Lo único que oyó fueron sus pesados pasos en el suelo.

그가 들은 것은 바닥을 걷는 그들의 무거운 발소리뿐이었다.

Justo en ese momento estaban apoyados sobre la caja.

바로 그 순간 그들은 상자에 기대어 있었다.

Y entonces Gregor salió de debajo del sofá.

그때 그레고르가 소파 밑에서 나왔다.

Cambió la dirección en la que corría cuatro veces.

그는 달리던 방향을 네 번이나 바꿨다.

No podía decidir qué elemento debía salvarse primero.

그는 어떤 물건을 먼저 구해야 할지 결정할 수 없었다.

De repente su atención se dirigió a la pared vacía.

갑자기 그의 시선이 텅 빈 벽으로 향했다.

Lo único que le quedó fue la fotografía de la dama con pieles.

그들이 그에게 남겨준 것이라고는 모피 코트를 입은 여인의 사진 한 장뿐이었다.

Se arrastró hasta la imagen para presionar su cuerpo contra el de ella.

그는 그림 쪽으로 기어가서 몸을 밀착시켰다.

Y su cuerpo cubrió completamente la vista de la imagen.

그리고 그의 몸이 사진의 전경을 완전히 가렸다.

El vaso lo sostuvo y reconfortó su vientre caliente.

유리잔이 그를 지탱해 주었고, 그의 뜨거운 배를 따뜻하게 감싸주었다.

Esta fotografía ya no se la pudieron quitar.

이 사진은 더 이상 그에게서 빼앗을 수 없었다.

Luego giró la cabeza hacia la puerta de la sala de estar.

그러고 나서 그는 거실 문 쪽으로 고개를 돌렸다.

Iba a observar mientras las mujeres regresaban a la habitación.

그는 여자들이 방으로 돌아가는 것을 지켜볼 생각이었다.

Y no descansaron mucho antes de regresar nuevamente.

그들은 오래 쉬지 않고 다시 돌아왔다.

El brazo de Grete rodeaba a su madre para ayudarla a caminar.

그레테는 어머니가 걷는 것을 돕기 위해 팔로 어머니를 감쌌다.

"¿Qué nos llevamos ahora?" dijo Grete y miró a su alrededor.

"이제 뭘 가져갈까요?" 그레테가 말하며 주위를 둘러보았다.

Justo en ese momento su mirada se encontró con los ojos de Gregor.

바로 그 순간, 그녀의 시선이 그레고르의 눈과 마주쳤다.

A pesar del shock, mantuvo la presencia de ánimo.

충격적인 상황 속에서도 그녀는 침착함을 유지했다.

Probablemente sólo por la presencia de su madre.

아마도 어머니가 계셨기 때문일 겁니다.

Ella inclinó su rostro hacia su madre, cubriéndole la vista.

그녀는 얼굴을 어머니 쪽으로 숙여 시야를 가렸다.

Y entonces dijo, aunque temblorosa y desconsiderada:

그러자 그녀는 떨리는 목소리로, 생각 없이 이렇게 말했다.

-Vamos, ¿no deberíamos volver a la sala de estar?

"자, 거실로 돌아가는 게 좋지 않을까요?"

Gregor podía comprender fácilmente las intenciones de la hermana.

그레고르는 여동생의 의도를 쉽게 이해할 수 있었다.

Su primera prioridad fue poner a su madre a salvo.

그녀의 최우선 과제는 어머니를 안전한 곳으로 모셔가는 것이었다.

Pero luego ella iba a perseguirlo desde la pared.

하지만 그때 그녀는 벽에서 그를 쫓아 내려오려고 했어요.

«¡Pues claro que puede intentarlo!», pensó Gregor para sus adentros.

"뭐, 시도해 볼 만하겠지!" 그레고르는 속으로 생각했다.

Se sentó firmemente sobre su imagen y no renunció a ella.

그는 자신의 사진을 꽉 붙잡고 놓지 않았다.

Preferiría haberle saltado en la cara a la hermana.

그는 차라리 여동생 얼굴에 뛰어들고 싶었을 것이다.

Pero las palabras de Grete preocuparon aún más a su madre.

하지만 그레테의 말은 어머니를 더욱 걱정하게 만들었다.

Ella se hizo a un lado para ver lo que le ocultaban.

그녀는 무엇이 숨겨지고 있는지 확인하기 위해 옆으로 비켜섰다.

Y vio la mancha marrón en el papel pintado floreado.

그리고 그녀는 꽃무늬 벽지에 묻은 갈색 얼룩을 발견했다.

Y ella gritó antes de darse cuenta de que era Gregor.

그녀는 그 사람이 그레고르라는 것을 알아차리기도 전에 비명을 질렀다.

"Oh Dios", gritó con los brazos extendidos.

"맙소사!" 그녀는 팔을 활짝 벌리고 소리쳤다.

Y ella se dejó caer en el sofá como si se hubiera rendido.

그녀는 마치 포기한 듯 소파에 털썩 주저앉았다.

—¡Gregor! —gritó la hermana levantando el puño.

"그레고르!" 여동생은 주먹을 치켜들고 그에게 소리쳤다.

Y ella le dirigió una mirada larga, dura y penetrante.

그리고 그녀는 그에게 길고 강렬하며 날카로운 시선을 던졌다.

Esta era la primera vez que hablaba con él directamente.

그녀가 그에게 직접 말을 건넨 것은 이번이 처음이었다.

Corrió a la habitación de al lado para conseguir algunas sales aromáticas.

그녀는 암모니아수를 가지러 옆방으로 달려갔다.

Tenía que devolverle la conciencia a su madre.

그녀는 어머니를 의식을 되찾게 해야 했다.

Gregor quería ayudar, podría salvar la imagen más tarde.

그레고르는 도와주고 싶었고, 사진은 나중에 저장할 수 있을

거라고 생각했다.

Pero él se había quedado firmemente pegado al cristal.

하지만 그는 유리에 완전히 달라붙어 버렸다.

Entonces tuvo que apartarse usando mucha fuerza.

그래서 그는 상당한 힘을 써서 겨우 몸을 떼어낼 수 있었다.

Él también corrió a la habitación de al lado, donde estaba la hermana.

그 역시 여동생이 있는 옆방으로 달려갔다.

En el pasado podría haberle dado algún consejo.

옛날 같았으면 그가 그녀에게 조언을 해 줄 수 있었을 텐데.

Pero ahora no podía hacer nada más que quedarse de brazos cruzados y observar.

하지만 이제 그는 그저 가만히 서서 지켜보는 것 외에는 아무것도

할 수 없었다.

Revolvió el cajón y abrió varias botellas.

그녀는 서랍을 뒤져 여러 병의 뚜껑을 열었다.

Y todavía la asustó cuando ella se dio la vuelta.

그녀가 뒤돌아섰을 때도 그는 여전히 그녀를 두렵게 했다.

Una botella cayó al suelo, se rompió y se astilló.

병이 바닥에 떨어져 깨지고 산산조각이 났다.

Una astilla de vidrio golpeó la cara de Gregor y lo hirió.

유리 파편이 그레고르의 얼굴에 맞아 부상을 입혔다.

La botella contenía algún tipo de líquido cáustico.

병 안에는 부식성이 강한 액체가 들어 있었다.

Y ahora el líquido corrosivo quemaba la cara de Gregor.

그리고 이제 그 부식성 액체가 그레고르의 얼굴을 태우고 있었다.

Sin embargo, la hermana no tenía tiempo para Gregor en ese momento.

하지만 여동생은 지금 그레고르에게 신경 쓸 시간이 없었다.

Ella recogió tantas botellas como pudo.

그녀는 손에 잡히는 대로 병들을 최대한 많이 주워 담았다.

Y ella corrió de nuevo hacia su madre con la medicina.

그리고 그녀는 약을 가지고 어머니에게 달려갔다.

Ella cerró la puerta con el pie, dejando afuera a Gregor.

그녀는 발로 문을 쾅 닫아 그레고르를 밖으로 내쫓았다.

Ahora estaba separado de su madre, que estaba potencialmente moribunda.

이제 그는 위독한 어머니와 연락이 끊겼다.

Si abriera la puerta, echaría a la hermana.

그가 문을 열면 여동생을 쫓아낼 것이다.

Pero por supuesto tuvo que quedarse para cuidar a la madre.

하지만 물론 그녀는 어머니를 돌보기 위해 남아야 했습니다.

Ya no podía hacer nada más que esperarlos.

이제 그가 할 수 있는 일은 그들을 기다리는 것뿐이었다.

Acosado por el autorreproche y la ansiedad, comenzó a gatear.

자책감과 불안감에 시달리던 그는 기어 다니기 시작했다.

Se arrastró por todas partes: las paredes, los muebles, el techo.

그는 벽, 가구, 천장 등 모든 곳을 기어 다녔다.

Sintió como si toda la habitación girara a su alrededor.

그는 마치 방 전체가 자신을 중심으로 빙빙 도는 것 같은 느낌을 받았다.

Finalmente, desesperado y mareado, volvió a caer.

결국 그는 절망과 현기증에 휩싸여 다시 쓰러졌다.

Y cayó justo encima de la gran mesa del comedor.

그리고 그는 커다란 식탁 위로 그대로 쓰러졌습니다.

Pasó algún tiempo tendido allí, entumecido e incapaz de moverse.

그는 한동안 그곳에 누워 몸이 마비된 채 움직일 수 없었다.

Estaba exhausto por todo lo que el día le había traído.

그는 오늘 하루 동안 겪은 모든 일들로 인해 완전히 지쳐 있었다.

Todo estaba tranquilo, pero tal vez eso era una buena señal.

주변은 온통 조용했지만, 어쩌면 그게 좋은 징조일지도 몰랐다.

Entonces, rompiendo el silencio, sonó el timbre de la puerta de afuera.

그때, 정적을 깨고 바깥 초인종이 울렸다.

La criada, por supuesto, se había encerrado en su cocina.

하녀는 당연히 부엌에 틀어박혀 문을 잠갔다.

Así que la hermana era la única que podía abrir la puerta.

그래서 그 여동생만이 문을 열 수 있었다.

"¿Qué pasó?" fue lo primero que preguntó el padre.

"무슨 일이야?" 아버지가 제일 먼저 물어본 말이었다.

La aparición de Grete probablemente le había dicho todo.

그레테의 외모가 그에게 모든 것을 말해줬을 것이다.

La voz de Grete se volvió apagada y apagada mientras hablaba.

그레테의 목소리는 말을 할수록 점점 muffled되고 둔탁해졌다.

Ella debió haber presionado su cara contra el pecho de su padre.

그녀는 틀림없이 아버지의 가슴에 얼굴을 파묻었을 것이다.

"La madre estaba inconsciente, pero ahora se siente mejor".

"어머니는 의식을 잃으셨지만, 지금은 많이 좋아지셨습니다."

—Gregor ha escapado —añadió, tal como él esperaba.

"그레고르가 탈출했어요." 그녀가 덧붙였다. 그는 이미 예상하고 있었다.

"Siempre te dije que algún día se escaparía."

"내가 늘 말했잖아, 걔가 언젠가는 탈출할 거라고."

—Pero vosotras, las mujeres, no quisisteis escucharme, ¿verdad?

"하지만 당신들 여자들은 내 말을 듣고 싶어 하지 않았잖아요, 그렇죠?"

Gregor se dio cuenta rápidamente de cómo veía las cosas su padre.

그레고르는 아버지가 세상을 어떻게 바라보실지 금방 깨달았다.

Había malinterpretado el mensaje demasiado breve de Grete.

그는 그레테가 보낸 지나치게 간략한 메시지를 잘못 해석했다.

Supuso que Gregor había cometido algún acto de violencia.

그는 그레고르가 어떤 폭력 행위를 저질렀을 거라고 짐작했다.

Gregor tenía que encontrar una manera de apaciguar a su padre de alguna manera.

그레고르는 어떻게든 아버지의 마음을 달래야 했다.

Porque no tuvo tiempo de explicarle las cosas.

그에게 상황을 설명할 시간이 없었기 때문입니다.

Pero de todos modos no habría podido explicar las cosas.

하지만 어차피 그는 상황을 설명할 수 없었을 것이다.

Entonces huyó hacia la puerta y se pegó a ella.

그래서 그는 문으로 달려가 문에 바짝 붙었다.

De esa manera su padre podría verlo desde la antesala.

그렇게 하면 아버지가 대기실에서 그를 볼 수 있을 것이다.

Y podría ver que tenía las mejores intenciones.

그러면 그는 자신이 선의를 가지고 있었다는 것을 알 수 있을 것이다.

No había necesidad de empujarlo con una escoba.

그를 빗자루로 밀어낼 필요는 전혀 없었다.

Lo único que el padre habría tenido que hacer era abrir la puerta.

아버지는 그저 문만 열어주면 됐을 것이다.

Pero él no estaba de humor para notar tales sutilezas.

하지만 그는 그런 미묘한 차이를 알아챌 기분이 아니었다.

"¡Ahí estás!" exclamó nada más entrar.

"여기 있었군요!" 그는 들어오자마자 소리쳤다.

Era como si estuviera enojado y feliz al mismo tiempo.

그는 마치 화가 나면서도 동시에 기쁜 것 같았다.

Echó la cabeza hacia atrás y miró al padre.

그는 고개를 뒤로 젖히고 아버지를 올려다보았다.

No se había imaginado que su padre estuviera allí así.

그는 아버지가 그런 모습으로 거기에 서 계실 거라고는 상상도 못했다.

Pero en los últimos tiempos había encontrado una nueva distracción.

하지만 그는 최근 들어 새로운 취미에 몰두하게 되었다.

Gatear ahora ocupaba gran parte de su día.

이제 그는 하루 중 상당 시간을 기어 다니는 데 보냈다.

Antes, él estaba al tanto de todas las novedades que ocurrían en el apartamento.

전에는 그는 아파트에서 일어나는 모든 소식을 꼼꼼히 챙겨봤다.

Pero últimamente no había estado prestando tanta atención.

하지만 그는 최근 들어 그다지 신경을 쓰지 않았다.

Debería haber estado preparado para afrontar los cambios.

그는 변화에 대비했어야 했다.

Sin embargo, ¿era este hombre que tenía delante todavía el padre?

그렇다면, 그의 앞에 있는 이 남자는 여전히 그의 아버지일까?

¿Era él el mismo hombre que solía yacer cansado en su cama?

그는 예전에 침대에 피곤하게 누워 있던 그 남자와 같은

사람일까?

Cuando Gregor ya se había ido de viaje de negocios.

그레고르가 이미 출장을 떠난 후였다.

¿Era él el mismo hombre que lo saludaba por las noches?

그는 저녁마다 그를 맞이하던 그 남자와 동일인물이었을까?

Cuando estaba en bata en su sillón.

그가 잠옷을 입고 안락의자에 앉아 있을 때였다.

¿Era el mismo hombre que no pudo levantarse a darle la bienvenida?

그는 그를 맞이하기 위해 일어나지 못했던 바로 그

사람이었을까요?

Entonces, permaneciendo sentado, levantó el brazo en señal de alegría.

그는 앉은 자세 그대로 팔을 들어 기쁨의 표시를 했다.

¿Era el mismo hombre con el que salía a caminar de vez en cuando?

그는 그가 가끔 함께 산책하던 그 남자와 동일인물이었을까?

En raras ocasiones: algunos domingos al año o días festivos.

아주 드문 경우: 1년에 몇 번의 일요일이나 공휴일.

¿Era el mismo hombre que caminaba envuelto en su abrigo?

그는 외투를 두르고 걸어가던 그 남자와 동일인물이었을까?

¿Avanzó lentamente, entre la madre y él?

그는 어머니와 그 사이에서 천천히 앞으로 나아갔을까요?

Y ellos ya caminaban lentamente por causa de él.

그들은 그 때문에 이미 천천히 걷고 있었다.

Pero ahora este hombre estaba de pie, fuerte y erguido.

하지만 이제 이 남자는 굳건히 서 있었다.

Estaba vestido con un uniforme azul con botones dorados.

그는 금색 단추가 달린 파란색 제복을 입고 있었다.

Botones que llevan los empleados de las instituciones bancarias.

은행 직원들이 착용하는 단추.

Por encima del rígido cuello emergía su fuerte papada.

뻣뻣한 칼라 위로 그의 뚜렷한 이중턱이 드러났다.

Bajo sus pobladas cejas se asomaban sus ojos negros.

숱이 많은 눈썹 아래로 그의 검은 눈이 응시하고 있었다.

Ahora sus ojos parecían penetrantes, frescos y alertas.

이제 그의 눈은 날카롭고, 생기 넘치고, 총명해 보였다.

El cabello blanco, anteriormente despeinado, fue peinado hacia abajo.

이전에는 헝클어져 있던 흰 머리카락을 단정하게 빗었다.

Y su cabello ahora tenía una meticulosa raya central.

그리고 그의 머리카락은 이제 정교하게 가운데 가르마를 탔다.

Arrojó su sombrero, que estaba adornado con un monograma dorado.

그는 금색 모노그램이 새겨진 모자를 던졌다.

Probablemente era el monograma del banco en el que trabajaba.

아마 그가 근무했던 은행의 모노그램이었을 겁니다.

Y el sombrero aterrizó en el sofá, para guardarlo más tarde.

그리고 모자는 소파 위에 떨어졌고, 나중에 치워질 예정이었다.

Empujó hacia atrás la parte inferior de la larga chaqueta del uniforme.

그는 긴 제복 재킷의 아랫부분을 걷어 올렸다.

Y metió los pulgares en los bolsillos de sus pantalones.

그는 엄지손가락을 바지 주머니에 넣었다.

Y luego, con cara sombría, caminó hacia Gregor.

그러고 나서 그는 굳은 표정으로 그레고르를 향해 걸어갔다.

Probablemente ni siquiera sabía lo que planeaba hacer.

그는 아마 자신이 무엇을 하려고 계획하고 있는지조차 몰랐을 것이다.

Pero aún así levantó los pies inusualmente alto.

하지만 그럼에도 불구하고 그는 평소와 달리 발을 높이 들어 올렸다.

Gregor estaba asombrado por el enorme tamaño de sus botas.

그레고르는 그의 부츠가 엄청나게 큰 것에 놀랐다.

Pero realmente no había tiempo para maravillarse con sus zapatos.

하지만 그의 신발을 감탄하며 바라볼 시간은 정말 없었다.

El padre había decidido aplicar una disciplina muy estricta.

아버지는 매우 엄격한 훈육을 하기로 마음먹었다.

Para Gregor sólo era apropiada la mayor severidad.

그레고르에게는 가장 엄격한 처벌만이 적절했다.

Él lo sabía desde el primer día de su transformación.

그는 변신을 시작한 첫날부터 이 사실을 알고 있었다.

Corrió hacia su padre y se detuvo cuando él se detuvo.

그는 아버지에게 달려갔고, 아버지가 멈추자 함께 멈췄다.

Corrió hacia él nuevamente cuando se movió de nuevo.

그가 다시 움직이자 그는 재빨리 그에게 달려갔다.

El padre se detuvo un momento y Gregor también.

아버지는 잠시 말을 멈췄고, 그레고르도 마찬가지였다.

Y corrió hacia adelante nuevamente tan pronto como su padre se movió.

아버지가 움직이자마자 그는 다시 앞으로 달려나갔다.

De esta manera dieron varias vueltas alrededor de la habitación.

이런 식으로 그들은 방을 여러 바퀴 돌았다.

Nadie había conseguido aún ninguna ventaja decisiva.

아직까지 어느 쪽도 결정적인 우위를 점하지 못했다.

No se podría haber tenido la impresión de una persecución.

추격전이 벌어지고 있다는 인상은 전혀 받을 수 없었다.

Porque todo el acontecimiento se estaba produciendo demasiado lentamente.

전체적인 진행 속도가 너무 느렸기 때문입니다.

Gregor había decidido quedarse en tierra.

그레고르는 땅에 머물기로 결심했다.

Podría haber corrido por las paredes y a lo largo del techo.

그는 벽을 타고 올라가 천장을 따라 달릴 수도 있었을 것이다.

Pero no quería provocar al padre innecesariamente.

하지만 그는 아버지를 괜히 자극하고 싶지 않았다.

Una huida así podría haber parecido especialmente perversa.

그러한 탈출은 특히 악랄해 보였을지도 모릅니다.

Gregor admitió que esta persecución no podía durar mucho más.

그레고르는 이 추격전이 더 이상 오래 지속될 수 없다는 것을 인정했다.

Cada paso debía ir acompañado de una miríada de movimientos.

각 단계마다 수많은 동작이 수반되어야 했다.

Ya empezaba a sentir falta de aire.

그는 이미 숨이 가빠지기 시작했다.

Incluso antes nunca había tenido unos pulmones completamente confiables.

그는 예전에도 폐 기능이 완전히 믿을 만한 수준은 아니었다.

Avanzó tambaleándose, guardando sus fuerzas para la carrera.

그는 비틀거리며 걸었고, 달리기를 위해 힘을 아꼈다.

Estaba tan cansado que apenas podía mantener los ojos abiertos.

그는 너무 피곤해서 눈을 뜨고 있기도 힘들었다.

Sus pensamientos se volvieron demasiado lentos para pensar en otras escapatorias.

그의 생각은 너무 느려져서 다른 탈출 방법을 생각해낼 겨를이 없었다.

Casi había olvidado que los muros estaban a su disposición.

그는 벽을 활용할 수 있다는 사실을 거의 잊고 있었다.

Pero de todos modos las paredes estaban ocultas detrás de los muebles.

하지만 어차피 벽은 가구 뒤에 가려져 있었다.

Y los muebles tenían demasiadas muescas y protuberancias.

그리고 가구에는 홈과 돌출부가 너무 많았습니다.

Y luego, justo a su lado, rodando, había una manzana.

그런데 바로 그의 옆에서 사과 하나가 굴러가고 있었다.

La manzana debió haberle sido arrojada, se dio cuenta.

사과는 누군가 던진 것이 틀림없다고 그는 깨달았다.

Pero no tuvo tiempo de pensar antes de que llegara otra manzana.

하지만 그가 생각할 겨를도 없이 또 다른 사과가 날아왔다.

Gregor se quedó paralizado por la nueva estrategia del padre.

그레고르는 아버지의 새로운 전략에 충격을 받아 얼어붙었다.

Ya no podía ganar nada intentando huir.

그는 더 이상 도망쳐봤자 얻을 게 없었다.

El padre había decidido bombardearlo con fruta.

아버지는 그에게 과일을 퍼붓기로 마음먹었다.

Se había llenado los bolsillos con lo que había en el frutero de la cocina.

그는 부엌 과일 바구니에서 과일을 꺼내 주머니를 가득 채웠다.

Sin apuntar especialmente, lanzó manzana tras manzana.

그는 특별히 조준하지 않고 사과를 연달아 던졌다.

Estas pequeñas manzanas rojas rodaban por el suelo.

이 작은 빨간 사과들이 땅 위에서 굴러다녔습니다.

Como si estuvieran electrificadas, las manzanas chocaron entre sí.

마치 감전된 듯 사과들이 서로 부딪혔다.

Una de las manzanas lanzadas débilmente rozó la espalda de Gregor.

약하게 던진 사과 하나가 그레고르의 등을 스쳤다.

Afortunadamente para él, la manzana se deslizó sin sufrir daño.

다행히도 그 사과는 아무런 피해 없이 미끄러져 떨어졌다.

Sin embargo, la manzana lanzada después fue más precisa.

하지만 그 후에 던진 사과는 더 정확했습니다.

Y esta manzana se alojó profundamente en la espalda de Gregor.

그리고 그 사과는 그레고르의 등에 깊숙이 박혔다.

Gregor quería alejarse del dolor.

그레고르는 그 고통에서 벗어나고 싶었다.

Quizás se pueda escapar de este nuevo e increíble dolor.

어쩌면 이 새롭고 믿을 수 없는 고통에서 벗어날 수 있을지도 모른다.

Quizás un cambio de ubicación aliviaría su agonía.

어쩌면 장소를 옮기면 그의 고통이 줄어들지도 모른다.

Pero se sentía como si lo hubieran clavado al suelo.

하지만 그는 마치 바닥에 못 박힌 것처럼 꼼짝 못 하게 된 기분이었다.

Se estiró, pero sólo debido a su confusión.

그는 혼란스러움 때문에 몸을 쭉 뻗었다.

Sólo con su última mirada vio que la puerta se abría.

그는 마지막으로 한눈을 돌렸을 때에야 문이 열리는 것을 보았다.

La madre corrió hacia su hermana, que gritaba.

어머니는 비명을 지르는 여동생 앞으로 뛰쳐나갔다.

La hermana la había desnudado, por lo que estaba en camisa.

언니가 그녀의 옷을 벗겨 놓았기 때문에 그녀는 셔츠만 입고 있었다.

Había necesitado respirar en su inconsciencia.

그녀는 무의식 상태에서 숨 쉴 공간이 필요했다.

Todavía veía cómo la madre corría hacia el padre.

그는 어머니가 아버지에게 달려가는 모습을 여전히 보았다.

Sus faldas se deslizaron hasta el suelo, una tras otra.

그녀의 치마가 하나씩 차례로 땅에 떨어졌다.

La vio acercarse al padre y tropezar con su falda.

그는 그녀가 아버지에게 다가가다가 치마에 걸려 넘어지는 것을 보았다.

Abrazándolo, pidió que le perdonaran la vida a Gregor.

그녀는 그를 껴안으며 그레고르의 목숨을 살려달라고 간청했다.

En completa unión con su cuerpo, su vista falló.

그는 몸과 완전히 하나가 된 듯 시력을 잃었다.

Tercera parte
제3부

Gregor sufrió la grave lesión durante más de un mes.

그레고르는 한 달 넘게 심각한 부상으로 고통받았습니다.

La manzana quedó incrustada; nadie se atrevió a sacarla.

사과는 박힌 채로 남아 있었고, 아무도 감히 빼내려 하지 않았다.

La manzana permaneció en su carne como un recordatorio visible.

사과는 그의 몸에 남아 눈에 보이는 증거로 남아 있었다.

Pero la manzana también sirvió como recordatorio para el padre.

하지만 그 사과는 아버지에게 어떤 사실을 상기시키는 역할도 했습니다.

Se dio cuenta de que no debía tratar a Gregor como a un enemigo.

그는 그레고르를 적으로 취급해서는 안 된다는 것을 깨달았다.

Actualmente su apariencia puede ser triste y repugnante.

현재 그의 모습은 슬프고 혐오스러울지도 모릅니다.

Pero aún así, seguía siendo un miembro de su familia.

하지만 그럼에도 불구하고 그는 여전히 그들의 가족 구성원이었다.

Había que aceptar la reticencia y tolerarla.

꺼림은 감수하고 참아내야 했다.

Debido a su herida, es posible que haya perdido su movilidad para siempre.

부상으로 인해 그는 영구적으로 움직일 수 없게 될 가능성이 높습니다.

Todavía gateaba por su habitación, pero mucho más lento.

그는 여전히 방 안을 기어 다녔지만, 훨씬 느려졌다.

Arrastrarse a cualquier altura estaba fuera de cuestión.

높은 곳에서 기어가는 것은 절대 불가능했다.

Pero Gregor recibió algún tipo de compensación.

하지만 그레고르는 어떤 형태로든 보상을 받았습니다.

Por la noche se le abrió la puerta del salón.

저녁이 되자 거실 문이 그를 위해 열렸다.

Y consideró que estas reparaciones eran completamente adecuadas.

그는 이러한 배상이 완전히 적절하다고 생각했습니다.

Antes del anochecer ya había empezado a vigilar la puerta.

저녁이 되기 전부터 그는 이미 문을 주시하기 시작했다.

Él yacía en la oscuridad, invisible desde la sala de estar.

그는 거실에서 보이지 않는 어둠 속에 누워 있었다.

Pudo ver a toda la familia en la mesa iluminada.

그는 불이 켜진 식탁에 온 가족이 둘러앉아 있는 것을 볼 수 있었다.

Ahora se le permitió escuchar sus conversaciones.

이제 그는 그들의 대화를 들을 수 있게 되었다.

Esto fue bastante diferente a su arreglo anterior.

이는 이전의 계약과는 상당히 달랐다.

Las animadas conversaciones de tiempos pasados habían terminado.

이전처럼 활발하게 오가던 대화는 끝났다.

Éstas eran las conversaciones que tanto anhelaba.

그가 늘 갈망하던 대화들이 바로 이런 것들이었다.

Cuando dormía solo en pequeñas habitaciones de hotel.

그가 작은 호텔 방에서 혼자 잠을 자던 시절.

Cuando tuvo que arrojarse entre las sábanas húmedas.

그는 어쩔 수 없이 축축한 침대 시트 속으로 몸을 던졌다.

Pero ahora las tardes eran en su mayoría tranquilas y sin acontecimientos.

하지만 이제 저녁 시간은 대체로 조용하고 별다른 일 없이 지나갔다.

El padre se quedó dormido en su sillón después de cenar.

아버지는 저녁 식사 후 안락의자에 앉아 잠이 들었다.

Y la madre y la hermana se animaban mutuamente a guardar silencio.

어머니와 여동생은 서로에게 조용히 하라고 재촉했다.

La madre, inclinada hacia la luz, cosía lino.

어머니는 몸을 빛에 바짝 기대고 리넨을 꿰매고 있었다.

Ahora ella hace vestidos para una de las tiendas de moda.

그녀는 현재 패션 매장 중 한 곳에서 드레스를 만들고 있습니다.

Al igual que Gregor, la hermana había conseguido un trabajo como vendedora.

그레고르처럼 여동생도 판매원으로 취직했다.

Ella estaba aprendiendo taquigrafía y francés por las tardes.

그녀는 저녁에 속기와 프랑스어를 배우고 있었다.

Para que más adelante pudiera tal vez conseguir un mejor puesto de trabajo.

그러면 나중에 더 나은 직책을 얻을 수 있을지도 몰라요.

A veces el padre se despertaba de sus siestas nocturnas.

아버지는 가끔 저녁 낮잠에서 깨어나곤 했다.

"¡Cariño, ya llevas un buen rato cosiendo hoy!"

"여보, 오늘 벌써 이렇게 오래 바느질했네!"

Parecía haber olvidado que había estado durmiendo.

그는 자신이 잠들어 있었다는 사실을 잊은 듯했다.

Pero inmediatamente volvió a caer en un sueño profundo.

하지만 그는 곧바로 다시 잠에 빠져들었다.

Y la madre y la hermana se sonrieron cansadamente.

어머니와 여동생은 서로를 향해 지친 미소를 지었다.

El padre había desarrollado una extraña y nueva terquedad.

아버지는 이상하리만치 새로운 고집을 부리기 시작했다.

Incluso en casa se negó a quitarse el uniforme de sirviente.

그는 집에서조차 하인복을 벗으려 하지 않았다.

Y su bata colgaba inútilmente en la percha.

그리고 그의 잠옷은 옷걸이에 아무 쓸모 없이 걸려 있었다.

Así pues, el padre dormía, completamente vestido, en su sillón.

그래서 아버지는 옷을 다 입은 채로 안락의자에 앉아 잠들었다.

Era como si siempre estuviera dispuesto a prestar su servicio.

그는 마치 언제나 봉사할 준비가 되어 있는 것 같았다.

Como si estuviera esperando la voz de su superior.

마치 상관의 목소리만 기다리고 있는 듯했다.

Esto provocó que su uniforme perdiera su limpieza.

이로 인해 그의 제복은 깨끗함을 잃게 되었다.

Aunque el uniforme tampoco era nuevo cuando lo recibió.

그가 그 제복을 받았을 때도 새것은 아니었다.

Y la madre hizo todo lo posible para cuidar el uniforme.

어머니는 최선을 다해 제복을 돌보았습니다.

Gregor pasaba tardes enteras mirando este uniforme.

그레고르는 저녁 내내 이 제복을 바라보곤 했다.

Observó cómo el anciano dormía de manera muy incómoda.

그는 노인이 몹시 불편하게 잠든 모습을 지켜보았다.

Pero mientras dormía también notó algo pacífico.

하지만 그는 잠결에 평화로운 무언가를 알아차렸다.

Cuando el reloj dio las diez la madre intentó despertarlo.

시계가 10시를 가리키자 어머니는 그를 깨우려고 애썼다.

Ella habló en voz baja y lo convenció de ir a la cama.

그녀는 조용히 말하며 그를 설득해 잠자리에 들게 했다.

Porque dormir en el sillón no era dormir de verdad.

안락의자에서 자는 것은 진정한 잠이 아니었기 때문이다.

Iba a tener que empezar a trabajar a las seis en punto.

그는 6시에 출근해야 했다.

Así que realmente necesitaba dormir lo mejor posible.

그래서 그는 최대한 숙면을 취해야 했다.

Pero una nueva forma de terquedad se apoderó de él.

하지만 그는 이전과는 다른 형태의 고집에 사로잡혀 있었다.

Convertirse en sirviente había comenzado a tener ese efecto en él.

하인이 된 것이 그에게 이런 영향을 미치기 시작했다.

Así que siempre insistía en quedarse más tiempo en la mesa.

그래서 그는 항상 식탁에 더 오래 앉아 있겠다고 고집했다.

Aunque con regularidad volvía a quedarse dormido en su silla.

하지만 그는 종종 의자에서 다시 잠이 들곤 했다.

Y sólo con la mayor dificultad pudo ser movido.

그는 마음을 움직이는 데 극도로 어려움을 겪었다.

Tuvieron que decirle que la cama sería mejor para él.

그에게 침대가 더 편할 거라고 말해줘야 했다.

Madre y hermana tuvieron que insistir con pequeñas advertencias.

어머니와 누나는 작은 경고를 거듭하며 끈질기게 설득해야 했다.

Durante quince minutos se limitó a menear lentamente la cabeza.

그는 15분 동안 천천히 고개만 저었다.

Y mantuvo los ojos cerrados y se negó a levantarse.

그는 눈을 감은 채 일어나기를 거부했다.

La madre tiró de su manga, suavemente, pero con firmeza.

어머니는 그의 소매를 부드럽지만 단호하게 잡아당겼다.

Y ella susurró palabras halagadoras en sus oídos cansados.

그리고 그녀는 그의 지친 귀에 아첨하는 말을 속삭였다.

La hermana abandonó la tarea que tenía entre manos para ayudar a su madre.

여동생은 어머니를 돕기 위해 하던 일을 멈췄다.

Pero ninguno de sus esfuerzos funcionó con el padre.

하지만 그들의 노력은 아버지에게 아무런 효과가 없었다.

Se hundió aún más en su silla, preparado para dormir.

그는 의자에 더욱 깊숙이 파묻혀 잠들 준비를 했다.

Y finalmente las mujeres lo agarraron por las axilas.

그리고 마침내 여자들이 그의 겨드랑이를 잡았다.

Abrió los ojos y los miró alternativamente.

그는 눈을 뜨고 그들을 번갈아 바라보았다.

"¡Qué vida ésta!" se quejó al irse a dormir.

"이게 무슨 인생이야," 그는 잠자리에 들면서 불평했다.

"¿Es esta la paz que me ha sido dada en mi vejez?"

"이것이 내가 노년에 얻은 평화인가?"

Pero entonces, apoyándose en las dos mujeres, se levantó torpemente.

그러나 그는 두 여자에게 기대어 어색하게 일어섰다.

Actuó como si llevara la carga más pesada.

그는 마치 세상에서 가장 무거운 짐을 짊어진 것처럼 행동했다.

Dejó que las dos mujeres lo guiaran hasta el final de la habitación.

그는 두 여자가 자신을 방 끝까지 안내하도록 내버려 두었다.

Allí les deseó buenas noches y continuó su camino.

그는 그들에게 잘 자라고 인사한 후 혼자 길을 떠났다.

Pero la madre rápidamente arrojó su kit de costura.

하지만 어머니는 황급히 바느질 도구를 내던졌다.

Y la hermana también dejó el bolígrafo y el bloc de notas.

그러자 여동생도 펜과 메모장을 내려놓았다.

Y corrieron detrás del padre para ayudarle aún más.

그리고 그들은 아버지를 돕기 위해 뒤따라 달려갔습니다.

¿Quién en esta familia sobrecargada de trabajo tenía tiempo para Gregor?

이 과로에 시달리는 가족 중에서 누가 그레고르에게 신경 쓸 시간이 있었겠는가?

¿Quién podría haberle prestado más atención de la necesaria?

누가 그에게 필요 이상으로 관심을 주었겠는가?

El presupuesto familiar se fue restringiendo cada vez más.

가계 예산이 점점 더 빠듯해졌다.

Al final, para ahorrar dinero, tuvieron que despedir a la criada.

결국, 비용을 절감하기 위해 그들은 가정부를 해고해야 했습니다.

Fue reemplazada por una mujer de cabello blanco y huesos gruesos.

그녀는 체격이 굵고 백발인 여자로 교체되었다.

Pero esta mujer venía sólo por la mañana y por la tarde.

하지만 이 여자는 아침과 저녁에만 왔다.

Y todo el trabajo más pesado y duro quedó guardado para ella.

그리고 가장 힘들고 고된 일은 모두 그녀에게 맡겨졌다.

La madre se encargaba de todos los demás quehaceres.

나머지 집안일은 모두 어머니가 처리하셨다.

Incluso ocurrió que se vendieron varias joyas familiares.

심지어 가문의 보석 몇 점이 팔리기도 했다.

Joyas que las mujeres lucieron felizmente durante las celebraciones.

여성들이 축하 행사 동안 기쁘게 착용했던 보석들.

Gregor aprendió esto en una de las discusiones generales.

그레고르는 일반 토론 중 하나에서 이 사실을 알게 되었습니다.

La mayor queja, sin embargo, fue otra.

하지만 가장 큰 불만은 다른 것이었습니다.

El apartamento era demasiado grande, pero no podían mudarse.

아파트가 너무 컸지만, 그들은 이사할 수 없었다.

No había manera de que pudieran reubicar a Gregor.

그들이 그레고르를 다른 곳으로 옮길 방법은 전혀 없었다.

Pero Gregor se dio cuenta de que no era sólo una consideración.

하지만 그레고르는 그것이 단순히 고려 사항만이 아니라는 것을 깨달았다.

Algo más les impidió mudarse a otro lugar.

다른 무언가가 그들이 다른 곳으로 이사하는 것을 막았습니다.

Podría haber sido fácilmente transportado en una caja adecuada.

적당한 상자에 넣어 운반하면 쉽게 될 일이었다.

Sus sentimientos de completa desesperanza los frenaron.

절망감에 사로잡힌 그들은 앞으로 나아가지 못했다.

No querían admitir que la desgracia les había golpeado.

그들은 불행이 닥쳤다는 사실을 인정하고 싶지 않았다.

Lo que el mundo exige de los pobres, ellos lo cumplen.

세상이 가난한 사람들에게 요구하는 것을 그들은 충족시켰다.

El padre le preparó el desayuno al pequeño empleado del banco.

아버지는 어린 은행원을 위해 아침 식사를 가져다주었다.

La madre se sacrificó por la ropa de desconocidos.

어머니는 낯선 사람들의 빨래를 위해 자신을 희생했다.

La hermana corría de un lado a otro para atender los pedidos de los clientes.

여동생은 손님들의 주문을 받기 위해 이리저리 뛰어다녔다.

Pero ya no tenían fuerzas para hacer más.

하지만 그들에게는 더 이상 할 힘이 없었습니다.

La herida en la espalda de Gregor comenzó a doler aún más.

그레고르의 등에 난 상처가 더욱 아프기 시작했다.

Cada noche, la madre y la hermana llevaban al padre a la cama.

매일 밤 어머니와 누나는 아버지를 침대로 모셔다 드렸습니다.

Dejaron su trabajo donde estaba y se sentaron juntos.

그들은 하던 일을 그 자리에 그대로 두고 함께 앉았다.

Y se acercaron más y se sentaron mejilla contra mejilla.

그들은 서로 더 가까이 다가가 뺨을 맞대고 앉았다.

La madre señaló la habitación desde donde él observaba.

어머니는 그가 지켜보고 있던 방을 가리켰다.

"¿Podrías cerrar la puerta?" le preguntó a la hermana.

"문 좀 닫아주시겠어요?" 그녀가 여동생에게 물었다.

Y entonces Gregor se quedó solo otra vez en la oscuridad.

그리고 그레고르는 다시 어둠 속에 홀로 남겨졌다.

Y en la habitación de al lado la mujer mezcló sus lágrimas.

그리고 옆방에서 여자는 그들의 눈물을 섞었다.

O bien se quedaban sentados con los ojos secos,
simplemente mirando la mesa.

혹은 눈물 한 방울 흘리지 않고 그저 테이블을 응시하고 있었다.

Gregor apenas durmió, ni de noche ni de día.

그레고르는 밤낮으로 거의 잠을 자지 못했다.

A menudo pensaba en cómo podría ayudar a la familia.

그는 어떻게 하면 가족을 도울 수 있을지 자주 생각했다.

Pensó en ganar dinero nuevamente para ellos.

그는 그들을 위해 다시 돈을 벌어야겠다고 생각했다.

Pensó en hacer lo que solía hacer por ellos.

그는 예전에 그들을 위해 해줬던 일을 다시 해볼까 생각했다.

En sus pensamientos regresó el representante autorizado.

그의 생각 속에 대리인의 생각이 다시 떠올랐다.

Y esta vez el jefe también vino al apartamento.

이번에는 사장님도 아파트로 오셨습니다.

Y los oficinistas y los aprendices también estaban allí.

그리고 사무원들과 견습생들도 그곳에 있었다.

Incluso el lento empleado de la oficina vino a verlo.

심지어 머리가 좀 둔한 사무실 하인까지 그를 보러 왔다.

Había dos o tres amigos de otros negocios.

다른 회사에서 온 친구들이 두세 명 있었다.

Una de las camareras de un hotel de provincias.

지방의 한 호텔에서 일하는 객실 청소부 중 한 명.

Un recuerdo querido y fugaz al que intentó aferrarse.

그는 소중하지만 덧없는 기억을 붙잡으려 애썼다.

Una cajera de una sombrerería para quien tenía intenciones.

그가 마음을 두고 있던 모자 가게 계산원.

Pero había sido un poco lento en ganar su aprobación.

하지만 그는 그녀의 호감을 얻기에는 약간 늦었다.

Todos ellos aparecieron en sus pensamientos, mezclados con desconocidos.

그들은 모두 낯선 사람들과 뒤섞여 그의 생각 속에 나타났다.

Y otros no aparecieron, ya estaban olvidados.

그리고 다른 이들은 나타나지 않았습니다. 그들은 이미

잊혀졌습니다.

Pero no le ayudaron a él ni tampoco a la familia.

하지만 그들은 그를 돕지 않았고, 가족도 돕지 않았다.

Eran inaccesibles y él se alegró cuando se fueron.

그들은 접근할 수 없었고, 그는 그들이 떠났을 때 기뻐했다.

No siempre estaba de humor para preocuparse por la familia.

그는 항상 가족 걱정을 할 기분이 아니었습니다.

Y se llenó de rabia por la falta de atención.

그는 관심을 받지 못한 것에 분노로 가득 찼다.

Y no podía imaginar nada que le apeteciera.

그리고 그는 자신이 무엇을 먹고 싶어하는지 전혀 상상할 수

없었다.

Pero aún así hizo planes para entrar en la despensa.

하지만 그는 여전히 식료품 저장실에 침입할 계획을 세웠다.

Y él iba a tomar todo lo que se merecía.

그리고 그는 자신이 마땅히 받아야 할 모든 것을 가져갈

작정이었다.

La hermana ya no hacía ningún esfuerzo especial por él.

여동생은 더 이상 그를 위해 특별한 노력을 기울이지 않았다.

Ella ya no pasaba el tiempo pensando en complacerlo.

그녀는 더 이상 그를 기쁘게 하려고 애쓰지 않았다.

Antes de ir a trabajar, rápidamente metió algo de comida en la habitación.

출근 전에 그녀는 재빨리 음식을 방으로 밀어 넣었다.

Y por la noche volvió a barrer rápidamente la comida.

그리고 저녁이 되자 그녀는 재빨리 음식을 다시 쓸어 담았다.

Ya no se daba cuenta de si había comido o no.

그가 밥을 먹었는지 안 먹었는지는 이제 그녀에게 중요하지 않았다.

En la actualidad, la mayoría de las veces la comida se dejaba intacta.

이제는 음식이 손도 대지 않은 채 남겨지는 경우가 대부분이었다.

Ella todavía barría rápidamente la habitación por la noche.

그녀는 여전히 저녁에 방을 빠르게 훑어보곤 했다.

Pero ahora hizo lo mínimo, lo más rápido posible.

하지만 이제 그녀는 최소한의 일만 최대한 빨리 처리했다.

Quedaron vetas de suciedad corriendo por las paredes.

벽을 따라 흙먼지 자국이 남아 있었다.

Bolas de polvo y basura quedaron tiradas en el suelo.

바닥에는 먼지와 쓰레기 덩어리들이 널려 있었다.

Gregor mostró su desaprobación por su falta de cuidado.

그레고르는 그녀의 무관심에 불만을 드러냈다.

Se giró en un ángulo particularmente significativo.

그는 몸을 상당히 비스듬한 각도로 돌렸다.

Pero podría haber permanecido en el puesto durante semanas.

하지만 그는 몇 주 동안 그 자리에 머물 수도 있었습니다.

Su hermana no habría notado su insatisfacción.

그의 여동생은 그의 불만을 눈치채지 못했을 것이다.

Ella veía la suciedad tan bien como él, o incluso mejor.

그녀는 그 못지않게, 어쩌면 그보다 더 먼지를 잘 보았다.

Pero ella había decidido dejar la tierra donde estaba.

하지만 그녀는 흙을 그 자리에 그대로 두기로 결정했다.

En ese momento adoptó una sensibilidad completamente nueva.

그 당시 그녀는 완전히 새로운 감수성을 갖게 되었다.

Ella había hecho de la limpieza de la habitación de Gregor su responsabilidad.

그녀는 그레고르의 방 청소를 자신의 책임으로 삼았다.

La familia se sintió conmovida por su amable consideración.

가족들은 그녀의 따뜻한 배려에 감동했습니다.

Una vez, la madre le había dado a su habitación una limpieza a fondo.

어머니는 예전에 그의 방을 구석구석 청소한 적이 있었다.

Sólo después de utilizar unos cuantos baldes de agua lo consiguió.

그녀는 몇 양동이의 물을 사용한 후에야 성공했다.

Sin embargo, la nueva humedad en la habitación perjudicó a Gregor.

하지만 방 안의 새로운 습기는 그레고르에게 해로웠다.

Y él yacía ancho, amargado e inmóvil en el sofá.

그는 소파에 웅크리고 누워 쓰라린 표정으로 미동도 하지 않았다.

Pero ese fue sólo su primer castigo por ayudar.

하지만 그것은 그녀가 도움을 준 것에 대한 첫 번째 처벌일 뿐이었다.

La hermana notó rápidamente el cambio en la habitación de Gregor.

여동생은 그레고르의 방에 생긴 변화를 금세 알아차렸다.

Y ella corrió a la sala, extremadamente insultada.

그녀는 몹시 모욕감을 느껴 거실로 뛰어들어갔다.

Su madre levantó las manos y trató de implorarle.

어머니는 두 손을 들고 간절히 애원하려 했다.

Pero a pesar de una explicación sincera, ella rompió a llorar.

하지만 진심 어린 설명에도 불구하고 그녀는 울음을 터뜨렸다.

El padre, por supuesto, se sobresaltó y se levantó de la silla.

아버지는 당연히 깜짝 놀라 의자에서 벌떡 일어났다.

Y los dos padres miraban asombrados e impotentes.

두 부모는 놀라고 어쩔 줄 몰라하며 그 모습을 지켜보았다.

Y con el tiempo sus emociones también se agitaron.

결국 그들의 감정도 동요하게 되었다.

El padre reprochó a la madre lo que había hecho.

아버지는 어머니가 한 일에 대해 그녀를 꾸짖었다.

"Deberías haber dejado la habitación para que Grete la limpiara."

"그레테에게 청소할 수 있도록 방을 비워줬어야지."

Grete le gritó a la madre por limpiar su habitación.

그레테는 엄마가 자기 방을 청소하는 것을 보고 소리를 질렀다.

"¡Nunca más podrás limpiar su habitación!"

"너는 앞으로 절대로 그의 방을 청소할 수 없어!"

La madre intentó arrastrar al padre al dormitorio.

어머니는 아버지를 침실로 끌고 가려고 했다.

La hermana se quedó en la habitación, temblando y sollozando.

여동생은 방에 남아 몸을 떨며 흐느꼈다.

Y golpeó la mesa con sus pequeños puños.

그리고 그녀는 작은 주먹으로 테이블을 쾅쾅 내리쳤다.

Y Gregor, enojado, siseó fuertemente contra todos ellos.

그러자 그레고르는 그들 모두에게 화를 내며 큰 소리로 쉿 소리를 냈다.

¿Por qué a nadie se le ocurrió cerrarle la puerta?

왜 아무도 그를 위해 문을 닫아줄 생각을 하지 않았을까?

Podrían haberle ahorrado esta vista y este ruido.

그들은 그에게 이런 광경과 소음을 보여주지 않았어야 했다.

La hermana estaba agotada después de llegar a casa del trabajo.

여동생은 퇴근 후 집에 와서 몹시 지쳐 있었다.

Y cuidar a Gregor era aún más trabajo para ella.

그리고 그레고르를 돌보는 것은 그녀에게 훨씬 더 힘든 일이었다.

Pero eso no significaba que la madre debía haberlo hecho.

하지만 그렇다고 해서 어머니가 그렇게 했어야 했다는 뜻은 아닙니다.

A Gregor, por el contrario, no hay que descuidarlo.

반면 그레고르는 소홀히 여겨서는 안 된다.

Pero ahora tenían una nueva criada que podía hacer esas cosas.

하지만 이제 그들에게는 그런 일들을 할 수 있는 새로운 가정부가 생겼다.

Una viuda anciana que tenía una estructura ósea robusta.

골격이 튼튼한 노년의 과부.

Una estatura que la ayudó a sobrevivir a su difícil vida.

그녀의 큰 체격은 힘겨운 삶을 헤쳐나가는 데 도움이 되었습니다.

Ella no sentía ninguna aversión real hacia la apariencia de Gregor.

그녀는 그레고르의 외모에 대해 특별히 반감을 갖고 있지 않았다.

Ella había abierto accidentalmente la puerta de la habitación de Gregor.

그녀는 실수로 그레고르의 방 문을 열어버렸다.

No fue por ninguna curiosidad particular sobre la habitación.

그 방에 대한 특별한 호기심 때문은 아니었어요.

Ella simplemente estaba haciendo su trabajo y por casualidad abrió la puerta.

그녀는 그저 자기 일을 하고 있었을 뿐이고, 우연히 문을 열었을 뿐입니다.

Gregor, por supuesto, quedó completamente sorprendido por ella.

그레고르는 당연히 그녀의 행동에 완전히 놀랐다.

No lo perseguían, sino que corría de un lado a otro.

그는 쫓기고 있는 것은 아니었지만, 이리저리 뛰어다녔다.

Y ella simplemente cruzó sus brazos y lo observó gatear.

그녀는 팔짱을 끼고 그가 기어가는 모습을 지켜보았다.

Desde entonces ella siempre le abría un poquito la puerta.

그 이후로 그녀는 항상 그를 위해 문을 조금씩 열어주었다.

Una mañana ella entró para ver cómo estaba.

아침에 그녀는 그가 어떻게 지내는지 보려고 방 안을 들여다보았다.

Y por la tarde ella fue a ver cómo estaba antes de irse.

그리고 저녁에 그녀는 떠나기 전에 그의 상태를 확인했다.

Al principio ella también intentó llamarlo para que viniera con ella.

처음에 그녀도 그에게 오라고 전화하려고 했다.

"¡Ven aquí, viejo escarabajo pelotero!", solía decir.

"이리 와 봐, 늙은 쇠똥구리야!" 그녀는 늘 그렇게 말하곤 했다.

O ella dijo, "¡mira ese viejo escarabajo pelotero!", amigablemente.

혹은 그녀는 "저 늙은 쇠똥구리 좀 봐!"라고 친근하게 말했죠.

Gregor nunca reaccionó cuando le hablaron de esa manera.

그레고르는 그런 식으로 말을 걸면 절대 반응하지 않았다.

Él permaneció allí, sin moverse, y la ignoró.

그는 움직이지 않고 그 자리에 그대로 서서 그녀를 무시했다.

"Si le hubieran dicho cómo hacer correctamente su trabajo."

"그녀에게 일을 제대로 하는 방법을 알려줬더라면 좋았을 텐데."

"En lugar de molestarme debería limpiar mi habitación."

"나를 귀찮게 하지 말고 내 방이나 청소해 줘야지."

Una mañana temprano una fuerte lluvia golpeó las ventanas.

어느 이른 아침, 폭우가 창문을 강타했다.

Quizás la lluvia ya era una señal de la llegada de la primavera.

어쩌면 그 비는 이미 봄이 오고 있다는 신호였을지도 모른다.

La criada comenzó a hablarle de esa manera una vez más.

하녀는 다시 그런 식으로 그에게 말을 걸기 시작했다.

Gregor estaba tan amargado que se giró para mirarla.

그레고르는 너무나 분개하여 그녀를 향해 몸을 돌렸다.

Era lento y débil, pero fue una especie de ataque.

그는 느리고 허약했지만, 일종의 발작이었습니다.

La criada, sin embargo, no tenía ningún miedo de Gregor.

하지만 하녀는 그레고르를 전혀 두려워하지 않았다.

En lugar de eso, levantó una silla que estaba cerca de la puerta.

대신 그녀는 문 근처에 있던 의자를 들어 올렸다.

Y ella permaneció allí, tranquilamente, con la boca abierta.

그녀는 입을 크게 벌린 채 태연하게 서 있었다.

Sus intenciones eran claras, incluso Gregor podía verlo.

그녀의 의도는 분명했고, 그레고르조차도 그것을 알 수 있었다.

Y se giró, lentamente, a su posición original.

그리고 그는 천천히 몸을 돌려 원래 자리로 돌아갔다.

—Entonces no quieres acercarte más, ¿verdad?

"그럼 더 가까이 오고 싶지 않다는 거죠?"

Y silenciosamente volvió a poner la silla en la esquina.

그리고 그녀는 조용히 의자를 구석에 다시 놓았다.

Gregor ya casi no comía nada.

그레고르는 이제 거의 아무것도 먹지 않았다.

A veces, mientras caminaba por la habitación, se detenía.

그는 방 안을 걷다가 가끔씩 멈춰 서곤 했다.

Y se encontró junto a la comida preparada para él.

그리고 그는 자신을 위해 준비된 음식 옆에 서 있는 자신을 발견했다.

Se llevó la comida a la boca, pero sólo para jugar con ella.

그는 음식을 입에 넣었지만, 그저 가지고 놀기 위해서였다.

Y muy a menudo lo escupía de nuevo al cabo de unas horas.

그리고 그는 종종 몇 시간 후에 그것을 다시 뱉어내곤 했습니다.

Trató de encontrar una razón para su falta de apetito.

그는 식욕이 없는 이유를 찾으려 애썼다.

Quizás porque estaba triste por el estado de su habitación.

아마도 그는 자기 방 상태가 마음에 들지 않아 슬펐기 때문일 것이다.

Pero ya se había adaptado a los cambios que se producían en la habitación.

하지만 그는 방 안의 변화에 어느 정도 적응했다.

Recientemente su habitación se había convertido en una especie de almacén.

최근 그의 방은 마치 창고처럼 변해버렸다.

Se habían acostumbrado a dejar las cosas allí.

그들은 거기에 물건을 두고 가는 습관이 생겼다.

Y ahora quedaban muchas cosas así en su habitación.

이제 그의 방에는 그런 물건들이 많이 남아 있었다.

Porque una habitación del apartamento estaba alquilada.

아파트의 방 하나가 세를 놓았기 때문입니다.

Tres caballeros serios alquilaban la habitación juntos.

세 명의 성실한 신사분들이 함께 방을 빌려 쓰고 있었다.

Gregor los vio una vez a través de una rendija en la puerta.

그레고르는 문틈으로 그들을 본 적이 있다.

Llevaban barbas pobladas y estaban vestidos meticulosamente.

그들은 덥수룩한 수염을 기르고 있었고, 옷차림도 매우 단정했다.

Eran escrupulosos en mantener todo ordenado.

그들은 모든 것을 깔끔하게 유지하는 데 매우 꼼꼼했다.

Su insistencia en el orden no se limitaba a su habitación.

그들의 깔끔함에 대한 집착은 방에만 그치지 않았다.

Todo el apartamento tenía que mantenerse perfectamente limpio.

아파트 전체를 완벽하게 깨끗하게 유지해야 했습니다.

Eran aún más exigentes con el aspecto de la cocina.

그들은 주방의 외관에 대해서도 훨씬 더 까다로웠다.

Y no podían tolerar ningún desorden innecesario.

그리고 그들은 불필요한 잡동사니를 전혀 용납할 수 없었습니다.

También habían traído consigo sus propios muebles.

그들은 자신들의 가구도 함께 가져왔다.

Por esta razón muchas cosas se habían vuelto superfluas.

이러한 이유로 많은 것들이 불필요해졌다.

Eran cosas por las que nadie pagaría dinero.

그것들은 아무도 돈을 주고 사려 하지 않는 물건들이었다.

Pero la familia tampoco quería deshacerse de estas cosas.

하지만 가족들은 이런 물건들을 버리고 싶지도 않았습니다.

Todas estas cosas fueron a parar a la habitación de Gregor.

이 모든 물건들은 그레고르의 방 어딘가로 들어갔다.

El cajón de cenizas de la cocina ahora estaba guardado en su habitación.

부엌에 있던 재떨이는 이제 그의 방에 놓여 있었다.

Y la basura se guardaba en su habitación hasta el día de la basura.

그리고 쓰레기는 수거일까지 그의 방에 보관되었다.

La criada arrojó todo lo que no necesitaba en su habitación.

하녀는 필요 없는 물건들을 그의 방에 던져 넣었다.

Afortunadamente no vio más que la mano y el objeto.

다행히 그는 손과 물건 외에는 아무것도 보지 못했습니다.

Probablemente tenía la intención de volver a buscar las cosas más tarde.

아마 나중에 물건들을 가지러 다시 오려고 했던 것 같아요.

O tal vez quería tirarlo todo de una vez.

어쩌면 그녀는 모든 걸 한꺼번에 버리고 싶었을지도 몰라.

Sin embargo, todo permaneció donde había quedado al principio.

하지만 모든 것은 처음 떨어졌을 때 그대로 남아 있었다.

A menos que Gregor moviera la basura moviéndose a través de ella.

그레고르가 그 쓰레기 더미 사이를 비집고 들어가 옮기지 않는 한 말이다.

Al principio se vio obligado a arrastrarse entre toda la basura.

처음에 그는 온갖 잡동사니 속을 기어 다녀야 했다.

No tenía posibilidad de evitarlo.

그에게는 그렇게 하지 않을 방법이 없었다.

Pero más tarde realmente encontró placer en esta actividad.

하지만 나중에 그는 오히려 이 활동에서 즐거움을 찾게 되었습니다.

Aunque tal esfuerzo lo dejó triste y profundamente cansado.

그러한 노력은 그에게 슬픔과 극심한 피로감을 안겨주었지만.

Y después no pudo moverse durante muchas horas.

그 후 그는 몇 시간 동안 움직일 수 없었다.

Los inquilinos a veces comían en la sala de estar.

하숙생들은 때때로 거실에서 식사를 했다.

La puerta del salón permanecía cerrada esas noches.

그 저녁들 동안 거실 문은 닫혀 있었다.

Pero a Gregor no le resultó difícil no abrir la puerta.

하지만 그레고르는 이제 문을 열지 않는 데 아무런 어려움이 없었다.

Incluso cuando la puerta estaba abierta, no siempre miraba hacia afuera.

문이 열려 있어도 그는 항상 밖을 내다보지는 않았다.

Pero él se acostó en el rincón más oscuro de la habitación.

하지만 그는 방의 가장 어두운 구석에 몸을 숨겼다.

La familia tampoco notó su falta de atención.

가족들도 그의 무관심을 눈치채지 못했다.

Pero hubo una vez que la criada dejó la puerta abierta.

하지만 한번은 하녀가 문을 열어둔 채로 나간 적이 있었어요.

La puerta permaneció abierta incluso cuando los inquilinos regresaron.

하숙인들이 돌아왔을 때도 문은 열려 있었다.

Y la puerta estaba abierta cuando se encendió la luz.

불이 켜졌을 때 문은 열려 있었다.

El hombre se sentó a la mesa donde la familia cenaba.

그 남자는 가족들이 저녁 식사를 하는 테이블에 앉았다.

Allí se sentaron en el pasado el padre, la madre y Gregor.

아버지, 어머니, 그리고 그레고르가 예전에 그곳에 앉아 계셨습니다.

Desplegaron las servilletas y cogieron cuchillos y tenedores.

그들은 냅킨을 펼치고 나이프와 포크를 집어 들었다.

La madre apareció en la puerta con un plato de carne.

어머니는 고기가 담긴 그릇을 들고 문간에 나타났다.

Entonces la hermana entró con un cuenco lleno de patatas.

그러자 여동생이 감자가 가득 담긴 그릇을 들고 들어왔다.

Los inquilinos se inclinaron sobre los cuencos colocados delante de ellos.

하숙인들은 앞에 놓인 그릇 위로 몸을 숙였다.

El humo denso de la comida les llegaba hasta la nariz.

음식에서 피어오르는 자욱한 연기가 그들의 코끝까지 올라왔다.

Pero aún no habían decidido si comerían la comida.

하지만 그들은 음식을 먹을지 말지 아직 결정하지 못했다.

Quizás enviarían la comida de vuelta a la cocina.

아마 그들은 음식을 주방으로 돌려보낼 것입니다.

El hombre sentado en el medio parecía ser la autoridad.

가운데 앉아 있는 남자는 권위자처럼 보였다.

Cortó la carne para determinar si estaba lo suficientemente tierna.

그는 고기가 충분히 부드러운지 확인하기 위해 잘랐다.

Estaba satisfecho con el olor y el aspecto de la comida.

그는 음식 냄새와 모양에 만족했다.

La madre y la hermana los observaban ansiosamente.

어머니와 누나는 불안한 마음으로 그들을 지켜보고 있었다.

Y empezaron a sonreír con un suspiro de alivio.

그들은 쌓여왔던 안도의 한숨을 내쉬며 미소를 짓기 시작했다.

La propia familia iba a comer en la cocina.

그 가족들은 직접 부엌에서 식사를 할 예정이었다.

Pero primero el padre fue a ver cómo estaban los inquilinos.

하지만 아버지는 먼저 하숙생들을 확인하러 갔다.

Hizo una reverencia, sosteniendo en su mano su gorra de trabajo.

그는 손에 직장에서 쓰던 모자를 든 채 한 번 고개를 숙였다.

Y caminó en círculo alrededor de la mesa, hacia cada invitado.

그리고 그는 식탁 주위를 한 바퀴 돌며 손님 한 명 한 명에게

인사를 건넸습니다.

Todos los inquilinos se pusieron de pie y murmuraron algo entre dientes.

하숙생들은 모두 일어서서 턱수염에 얼굴을 묻고 중얼거렸다.

Después de que él se fue, comieron en un silencio casi absoluto.

그가 떠난 후 그들은 거의 완벽한 침묵 속에서 식사를 했다.

A Gregor le pareció extraño que pudiera oír la masticación.

그레고르는 무언가를 씹는 소리가 들리는 것이 이상하게 느껴졌다.

Ningún otro aspecto de la alimentación parecía emitir ningún sonido.

식사의 다른 어떤 부분에서도 소리가 나지 않는 것 같았다.

Pero podía oír claramente el rechinar de los dientes.

하지만 그는 이빨이 서로 갈리는 소리를 분명히 들을 수 있었다.

Parecían decirle que necesitaba dientes para comer.

그들은 마치 그에게 음식을 먹으려면 이빨이 필요하다고 말하는 것 같았다.

"No puedes hacer nada si tus mandíbulas no tienen dientes".

"턱에 이빨이 없으면 아무것도 할 수 없어요."

"Me gustaría comer algo", dijo Gregor ansiosamente.

"뭐 좀 먹고 싶어요." 그레고르가 초조하게 말했다.

"Pero no tengo apetito para lo que están comiendo".

"하지만 저는 여러분이 드시는 음식은 전혀 먹고 싶지 않아요."

"Mira cómo comen estos huéspedes y yo aquí muriéndome de hambre".

"저 하숙생들은 잘 먹는데, 나는 굶주리고 있군."

Aquella noche Gregor pensó por casualidad en el violín.

그날 저녁 그레고르는 우연히 바이올린에 대해 생각하게 되었다.

No había oído el violín desde la transformación.

그는 변신 이후로 바이올린 소리를 들어본 적이 없었다.

Pero entonces, esta noche, se oyó un ruido desde la cocina.

그런데 오늘 저녁, 부엌에서 소리가 들렸습니다.

Los caballeros ya habían terminado su cena.

그 신사분들은 이미 저녁 식사를 마치셨습니다.

El caballero del medio había comenzado a leer un periódico.

가운데 계신 신사분이 신문을 읽기 시작하셨다.

Les había dado a los otros dos caballeros una hoja a cada uno.

그는 다른 두 신사에게 각각 시트 한 장씩을 주었다.

Y ahora estaban recostados, leyendo y fumando.

이제 그들은 기대앉아 책을 읽고 담배를 피우고 있었다.

Cuando el violín empezó a sonar, se pusieron atentos.

바이올린 연주가 시작되자 그들은 귀를 기울이기 시작했다.

Se levantaron y caminaron de puntillas hacia la puerta de la antesala.

그들은 일어서서 발끝으로 살금살금 걸어 대기실 문으로 향했다.

Allí estaban, acurrucados juntos, escuchando desde la puerta.

그들은 문 앞에서 서로 몸을 웅크리고 서서 귀를 기울였다.

La familia debió haber escuchado a los hombres desde la cocina.

가족들은 부엌에서 남자들의 소리를 들었을 것이다.

Porque el padre los llamó y les preguntó;

아버지가 그들을 불러 물었기 때문입니다.

¿Acaso el violín resulta incómodo para los caballeros?

"바이올린 연주가 신사분들께 불편하시지는 않을까요?"

"Si no te gusta la música podemos parar inmediatamente."

"음악이 마음에 안 드시면 바로 멈출 수 있어요."

"Al contrario", dijo el centro de los caballeros.

"오히려 그 반대입니다." 가운데 있던 신사가 말했다.

"¿Le gustaría a la señorita tocar el violín en nuestra habitación?"

"아가씨, 저희 방에서 바이올린 연주해 보시겠어요?"

"Definitivamente es mucho más cómodo y acogedor aquí".

"여기가 훨씬 더 편안하고 아늑하네요."

El padre respondió como si fuera el propio violinista.

아버지는 마치 자신이 바이올린 연주자인 것처럼 대답했다.

"Oh, por favor, eso sería maravilloso", exclamó el padre.

"아, 제발, 그러면 정말 좋겠어요!" 아버지가 외쳤다.

Los caballeros regresaron a la sala de estar y esperaron.

신사분들은 거실로 돌아가 기다리셨습니다.

Pronto el padre entró en la habitación con el atril.

곧 아버지가 악보대를 들고 방으로 들어왔다.

La madre entró en la habitación con el libro de música.

어머니는 악보를 들고 방으로 들어왔다.

Y la hermana entró en la habitación con el violín.

그러자 여동생이 바이올린을 들고 방으로 들어왔다.

Ella preparó todo con calma para tocar el violín.

그녀는 차분하게 바이올린 연주에 필요한 모든 것을 준비했다.

Los padres exageraron su cortesía y modales.

부모들은 예의 바르고 공손한 태도를 과장했다.

Nunca antes habían alquilado habitaciones a huéspedes.

그들은 이전에는 하숙생에게 방을 빌려준 적이 없었다.

Y ni siquiera se atrevieron a sentarse en sus propias sillas.

그들은 자기네 의자에 앉는 것조차 감히 엄두도 내지 못했다.

En lugar de sentarse, el padre se apoyó contra la puerta.

아버지는 앉는 대신 문에 기대섰다.

Su mano derecha estaba entre dos botones de su abrigo.

그의 오른손은 코트 단추 두 개 사이에 있었다.

Sin embargo, un caballero le ofreció una silla a la madre.

하지만 한 신사가 어머니에게 의자를 권했습니다.

Pero ella se sentó donde el caballero había colocado la silla.

하지만 그녀는 그 신사가 의자를 놓아둔 자리에 앉았습니다.

Y no había colocado la silla en ningún lugar determinado.

그리고 그는 의자를 특별히 아무 곳에나 놓아두지 않았다.

Así que la madre se sentó apartada de todos, en un rincón.

그래서 어머니는 다른 사람들과 떨어져 구석에 앉았습니다.

Y finalmente la hermana empezó a tocar el violín.

그리고 마침내 여동생이 바이올린을 연주하기 시작했습니다.

Los padres, en lados opuestos, prestaron mucha atención.

양쪽에 앉은 부모들은 주의 깊게 지켜보았다.

Y observaban atentamente cada movimiento de su mano.

그들은 그녀의 손동작 하나하나를 주의 깊게 지켜보았다.

Gregor también se sentía atraído por la interpretación del violín.

그레고르는 바이올린 연주에도 매료되었다.

Y se aventuró a salir de su habitación un poco más lejos.

그는 방에서 조금 더 밖으로 나갔다.

Él ya estaba con la cabeza dentro de la sala.

그는 이미 머리를 거실 안으로 집어넣고 있었다.

Solía enorgullecerse de ser muy considerado.

그는 남을 배려하는 것을 매우 자랑스럽게 여겼습니다.

Pero últimamente casi no cuestiona su falta de cuidado.

하지만 최근 그는 자신의 부주의함에 대해 거의 의문을 제기하지 않았다.

Aunque ahora tenía más motivos para esconderse que antes.

그가 이전보다 숨어야 할 이유가 더 많아졌음에도 불구하고.

Porque su habitación estaba cubierta de polvo y suciedad diversa.

그의 방이 먼지와 온갖 때로 뒤덮여 있었기 때문입니다.

El más leve movimiento levantaba todo tipo de suciedad.

아주 작은 움직임에도 온갖 오물이 휘몰아쳤다.

Toda esa suciedad se le pegó: polvo, pelo, restos de comida.

먼지, 머리카락, 음식물 찌꺼기 등 온갖 더러운 것들이 그의 몸에 달라붙었다.

Podría haber frotado la suciedad contra la alfombra.

그는 카펫에 문질러서 먼지를 털어낼 수도 있었을 것이다.

Esto era algo que solía hacer varias veces al día.

그는 예전에 이런 일을 하루에도 여러 번 하곤 했다.

Pero su indiferencia hacia todo era demasiado grande.

하지만 그는 모든 것에 대해 너무나 무관심했다.

Así que no tuvo miedo de avanzar un poco más.

그래서 그는 조금 더 앞으로 나아가는 것을 두려워하지
않았습니다.

Y se trasladó al inmaculado suelo de la sala de estar.

그리고 그는 거실의 깨끗한 바닥으로 발걸음을 옮겼다.

Sin embargo, nadie se dio cuenta ni le prestó atención.

하지만 아무도 그를 알아채지 못했고, 관심을 기울이지도 않았다.

La familia estaba completamente absorta en el concierto.

가족들은 콘서트에 완전히 몰입해 있었다.

Los caballeros, por el contrario, inicialmente se retiraron.

반면, 신사분들은 처음에는 물러섰습니다.

Y se quedaron cerca, detrás del atril de la hermana.

그들은 여동생의 악보대 바로 뒤에 서 있었다.

Si hubieran mirado habrían podido ver las notas musicales.

그들이 자세히 살펴보았더라면 악보를 볼 수 있었을 것이다.

Esto, por supuesto, habría perturbado a la hermana.

물론 이는 여동생을 불안하게 했을 것이다.

**Luego se quedaron de pie junto a la ventana, en lugar de
sentarse.**

그들은 앉는 대신 창가에 서 있었다.

Con las manos en los bolsillos seguían hablando.

그들은 주머니에 손을 넣은 채 계속 이야기를 나눴다.

**Permanecieron allí mientras el padre observaba
ansiosamente.**

그들은 그 자리에 머물렀고, 아버지는 불안한 표정으로
지켜보았다.

Uno tenía la impresión de que tenían otras expectativas.

그들이 다른 기대를 갖고 있는 듯한 인상을 받았다.

Y realmente parecía como si se hubieran decepcionado.

그리고 그들은 정말 실망한 것 같았다.

Parecía que ya estaban hartos de la actuación.

그들은 공연에 질린 것 같았다.

Habían permitido que el violín perturbara su paz.

그들은 바이올린 소리가 자신들의 평화를 깨뜨리도록 내버려
두었다.

Y sólo toleraban la música por cortesía.

그들은 단지 예의상 그 음악을 참아냈을 뿐이었다.

Lo que más me desconcertó fue cómo expulsaron el humo.

그들이 연기를 날려버리는 방식은 특히 섬뜩했다.

Y aún así, tocaba el violín maravillosamente.

그런데도 그녀는 바이올린을 너무나 아름답게 연주하고 있었다.

Su rostro estaba inclinado suavemente hacia un lado, sobre
el violín.

그녀의 얼굴은 바이올린에 살짝 기울어져 있었다.

Sus ojos buscaban con tristeza las líneas musicales.

그녀의 눈은 슬픈 표정으로 악보를 따라 더듬거리고 있었다.

Gregor se sintió atraído un poco más hacia la sala de estar.

그레고르는 거실에 더욱 끌리는 느낌을 받았다.

Mantuvo la cabeza cerca del suelo, pero miró hacia arriba.

그는 고개를 땅에 바짝 붙인 채였지만, 시선은 위로 향했다.

Tal vez de esta manera la mirada de su hermana podría
encontrarse con la suya.

어쩌면 이렇게 하면 여동생의 시선이 그의 눈과 마주칠지도
모른다.

¿Puede realmente decirse que era sólo un animal?

그를 단순히 동물에 불과했다고 정말로 말할 수 있을까요?

¿Era un animal si la música podía cautivarlo tanto?

음악에 그토록 매료될 수 있다면 그는 짐승과 같은 존재일까?

Sintió como si le mostraran un camino hacia una
alimentación desconocida.

그는 마치 알 수 없는 양분으로 향하는 길을 본 것 같은 느낌을 받았다.

Quizás éste era el sustento que le faltaba.
어쩌면 이것이 그에게 부족했던 영양분이었을지도 모른다.

Estaba decidido a dirigirse hacia su hermana.
그는 여동생을 향해 나아가기로 결심했다.

Quería tirar de su falda para llamar su atención.
그는 그녀의 관심을 끌기 위해 치마를 잡아당기고 싶었다.

Quería darle una indicación de una invitación.
그는 그녀에게 초대한다는 뜻을 전하고 싶었다.

"Ven a tocar el violín en mi habitación", quiso decir.
그는 "내 방에 와서 바이올린을 연주해 줘"라고 말하고 싶었다.

Él quería que ella fuera recompensada por su hermosa música.
그는 그녀의 아름다운 음악에 대한 보상을 받기를 바랐다.

"Aquí nadie te recompensa por tocar el violín".
"여기서는 아무도 당신이 바이올린을 연주한다고 보상해주지 않아요."

Él ya no quería dejarla salir de su habitación.
그는 더 이상 그녀를 방에서 내보내고 싶지 않았다.

Él quería que ella permaneciera con él mientras viviera.
그는 자신이 살아있는 동안 그녀가 곁에 있어주기를 바랐다.

Por primera vez su transformación tuvo un beneficio.
그의 변화가 처음으로 긍정적인 결과를 가져왔다.

Su deformidad finalmente iba a serle útil.
그의 기형적인 외모가 결국 그에게 유용하게 쓰이게 될 참이었다.

Quería estar en las cuatro puertas simultáneamente.
그는 네 개의 문 모두에 동시에 서 있고 싶어했다.

Quería silbarles y escupirles desde todos los ángulos.
그는 사방에서 그들에게 쉿쉿거리고 침을 뱉고 싶었다.

Su hermana no debería verse obligada a quedarse con él.

그의 여동생은 그와 함께 지내도록 강요받아서는 안 된다.

Él quería que ella eligiera quedarse con él voluntariamente.

그는 그녀가 자발적으로 자신과 함께 있기로 선택하기를 바랐다.

Ella iba a sentarse a su lado e inclinarse hacia él.

그녀는 그의 옆에 앉아 몸을 숙여 그에게 말을 걸려고 했다.

Y le iba a contar sobre la escuela de música.

그리고 그는 그녀에게 음악학교에 대해 이야기해 줄 생각이었다.

Tenía la firme intención de enviarla a la academia.

그는 그녀를 사관학교에 보내겠다는 확고한 의지를 갖고 있었다.

Se lo habría contado a todo el mundo la pasada Navidad.

그는 지난 크리스마스에 이 이야기를 모두에게 했을 거예요.

¿Ya había llegado y pasado realmente la Navidad?

크리스마스가 벌써 또 지나갔나?

Y no habría dejado que nadie le disuadiera de ello.

그리고 그는 누구도 자신을 말리도록 내버려 두지 않았을 것이다.

Pero entonces el desafortunado accidente lo detuvo todo.

하지만 불행한 사고로 모든 것이 중단되었습니다.

La hermana se habría sentido abrumada por la emoción.

여동생은 감정에 북받쳐 올랐을 것이다.

Y entonces Gregor se habría subido hasta su hombro.

그러면 그레고르는 그녀의 어깨 위로 올라갔을 것이다.

Y la habría consolado besándole el cuello.

그는 그녀의 목에 입맞춤하며 위로해 주었을 것이다.

—¡Señor Samsa! —gritó el hombre del medio al padre.

"삼사 씨!" 가운데 있던 남자가 아버지를 불렀다.

Señalaba con su dedo índice hacia Gregor.

그는 검지손가락으로 그레고르를 가리키고 있었다.

Gregor se movía lentamente por el suelo de la sala de estar.

그레고르는 거실 바닥을 천천히 가로질러 움직이고 있었다.

El sonido del violín se silenció muy rápidamente.

바이올린 연주는 순식간에 멈췄다.

El del medio de los tres hombres sonrió a sus amigos.

세 사람 중 가운데 있던 남자가 친구들에게 미소를 지었다.

Luego meneó la cabeza y volvió a mirar a Gregor.

그러고 나서 그는 고개를 저으며 그레고르를 다시 바라보았다.

El padre podría haber obligado a Gregor a regresar a su habitación.

아버지는 그레고르를 억지로 방으로 돌려보낼 수도 있었다.

Pero esa no fue la primera acción que decidió tomar.

하지만 그것이 그가 처음으로 결정한 행동은 아니었습니다.

Pensó que era más importante calmar a los caballeros.

그는 신사분들을 진정시키는 것이 더 중요하다고 생각했습니다.

Aunque en realidad no estaban molestos en absoluto por Gregor.

사실 그들은 그레고르 때문에 전혀 화가 난 것은 아니었다.

Gregor parecía más entretenido que tocar el violín.

그레고리는 바이올린 연주보다 더 재미있어 보였다.

Corrió hacia ellos con los brazos extendidos.

그는 두 팔을 벌린 채 그들에게 달려갔다.

Estaba intentando hacer lo mejor que podía para ocultar su visión de Gregor.

그는 그레고르에 대한 그들의 시각을 최대한 감추려고 애썼다.

Y trató de animarlos a regresar a su habitación.

그리고 그는 그들이 방으로 돌아가도록 격려하려고 노력했습니다.

En realidad, esto los hizo enfadar un poco.

오히려 이것 때문에 그들은 약간 짜증이 났습니다.

Pero era difícil decir exactamente qué les molestaba.

하지만 정확히 무엇이 그들을 화나게 했는지는 알기 어려웠다.

El padre estaba arruinando la diversión de la noche.

아버지가 그날 밤의 즐거움을 망치고 있었다.

Pero también acababan de enterarse de su nuevo compañero de piso.

하지만 그들은 새 룸메이트에 대해서도 막 알게 된 참이었다.

Levantaron las manos tal como lo había hecho el padre.

그들은 아버지가 했던 것처럼 손을 들었다.

Exigieron una explicación inmediata al padre.

그들은 아버지에게 즉각적인 해명을 요구했다.

Se tiraron inquietos de la barba esperando una respuesta.

그들은 답을 기다리며 초조하게 수염을 잡아당겼다.

Y retrocedieron hasta su habitación, pero muy lentamente.

그들은 아주 천천히 뒷걸음질쳐 방으로 돌아갔다.

La interrupción había dejado a la hermana en trance.

갑작스러운 방해로 여동생은 멍한 상태에 빠졌다.

Dejó que el violín y el arco colgaran a su lado.

그녀는 바이올린과 활을 옆구리에 늘어뜨린 채였다.

Y ella miraba la partitura como si todavía estuviera tocando.

그녀는 마치 연주가 계속되는 것처럼 악보를 바라보았다.

Pero de repente ella regresó a la habitación.

그런데 그때 그녀는 갑자기 몸을 다시 방 안으로 끌어당겼다.

Y ahora había superado el sentimiento de estar perdida.

그리고 그녀는 이제 길을 잃었다는 느낌을 극복했다.

Ella colocó el instrumento musical en el regazo de su madre.

그녀는 악기를 어머니의 무릎 위에 올려놓았다.

**La madre estaba sentada en la silla, respirando con
dificultad.**

어머니는 의자에 앉아 거친 숨을 몰아쉬고 있었다.

**Y entonces la hermana tuvo que correr a la habitación de al
lado.**

그러자 여동생은 옆방으로 뛰어 들어가야 했다.

Tenía que dejar todo listo para los caballeros.

그녀는 신사분들을 위해 모든 것을 준비해야 했습니다.

Ella arrojó las mantas y los cojines al aire.

그녀는 담요와 쿠션을 공중으로 던졌다.

Y con sus manos expertas dispuso toda la ropa de cama.

그녀는 능숙한 손길로 침구류를 모두 정리했습니다.

Terminó antes de que los caballeros llegaran a la habitación.

그녀는 신사분들이 방에 도착하기 전에 이미 일을 마쳤습니다.

Y ella se escabulló antes de interponerse en su camino.

그리고 그녀는 그들이 막히기 전에 슬그머니 빠져나갔다.

El padre parecía estar dominado por su propia terquedad.

아버지는 자신의 고집에 사로잡힌 듯 보였다.

Y así olvidó todo respeto que debía a sus inquilinos.

그래서 그는 세입자들에게 마땅히 보여야 할 존중을 모두

잊어버렸다.

Empujó y empujó hasta que su portavoz se opuso.

그는 계속해서 압박했고, 결국 대변인이 반대할 때까지 멈추지

않았다.

Al llegar a la puerta, dio una patada furiosa.

그는 문 앞에 도착하자 화가 나서 발을 쿵쿵 굴렀다.

Y con esto logró detener al padre.

그리하여 그는 아버지를 멈춰 세웠다.

**"Por la presente declaro", comenzó dirigiéndose a su
propietario.**

"저는 이로써 선언합니다." 그는 집주인에게 말을 시작했다.

Y levantó la mano, mirando a toda la familia.

그는 손을 들어 온 가족을 바라보았다.

"En cuanto a las repugnantes condiciones de la habitación;"

"객실의 끔찍한 상태에 대해 말씀드리자면,"

Y se aseguró de que todos escucharan sus palabras.

그리고 그는 모든 사람들이 자신의 말에 귀 기울이도록 했다.

"Por la presente, le comunico que desocuparé mi habitación".

"본인은 이로써 제 방을 비워줄 것임을 통보합니다."

Y reiteró su punto escupiendo en el suelo.

그리고 그는 땅에 침을 뱉으며 자신의 주장을 더욱 분명히
드러냈다.
"Tampoco pagaré por los días que he vivido aquí."
"저는 제가 이곳에서 살았던 날들에 대한 비용을 지불하지 않을
것입니다."
Sin embargo, no estaba completamente satisfecho con este
reembolso.
하지만 그는 이 환불에 완전히 만족하지 못했습니다.
"Y consideraré hacer otras demandas contra usted."
"그리고 저는 당신에게 다른 요구 사항을 제시하는 것을 고려할
것입니다."
Créeme, tales exigencias serán muy fáciles de justificar.
"제 말을 믿으세요, 그런 요구는 아주 쉽게 정당화될 겁니다."
Él permaneció en silencio y miró directamente al padre.
그는 아무 말도 하지 않고 아버지 쪽을 똑바로 바라보았다.
Parecía estar esperando que sucediera algo más.
그는 뭔가 더 큰 일이 일어나기를 기대하는 듯 보였다.
De hecho, sus dos amigos inmediatamente tuvieron la
misma idea.
사실 그의 두 친구도 즉시 같은 생각을 했다.
"También estamos cancelando nuestras habitaciones",
dijeron al unísono.
"저희도 객실 예약을 취소합니다." 그들이 한목소리로 말했다.
Luego agarró la manija de la puerta y cerró la puerta.
그는 문손잡이를 잡고 문을 닫았다.
Y con un fuerte estruendo se encerraron en su habitación.
그리고 그들은 쾅 하는 소리를 내며 방 안으로 들어가 문을
닫았다.
El padre se tambaleó hasta su silla con manos torpes.
아버지는 더듬거리며 의자로 비틀거리며 다가갔다.
Y se dejó caer en la silla, derrotado.

그는 패배감을 느끼며 의자에 털썩 주저앉았다.

Parecía como si fuera a echar su siesta vespertina habitual.

그는 평소처럼 저녁 낮잠을 자러 가는 것처럼 보였다.

Pero su cabeza asintió casi como si no tuviera apoyo.

하지만 그의 머리는 마치 받쳐주는 것이 없는 것처럼 끄덕여졌다.

Y se podía ver que no estaba durmiendo en absoluto.

그리고 그는 전혀 잠을 자지 않고 있는 것이 분명해 보였다.

Durante todo este tiempo Gregor no se había movido de su sitio.

이 모든 과정 동안 그레고르는 그 자리에서 한시도 움직이지 않았다.

Todavía estaba donde los caballeros lo habían visto por primera vez.

그는 신사들이 처음 그를 봤던 바로 그 자리에 여전히 있었다.

Incluso si hubiera querido moverse, le resultó imposible.

그는 이사를 원했더라도 불가능하다는 것을 알게 되었다.

Por su decepción, o por su hambre.

실망감 때문인지, 아니면 배고픔 때문인지.

Estaba decepcionado por el fracaso de su plan.

그는 자신의 계획이 실패한 것에 실망했다.

Y estaba débil por el hambre prolongada que sentía.

그는 오랫동안 지속된 굶주림으로 인해 쇠약해져 있었다.

Estaba seguro de que en cualquier momento todos se volverían contra él.

그는 언제든 모든 사람들이 자신에게 등을 돌릴 것이라고 확신했다.

Con esta expectativa de colapso inminente, esperó.

그는 임박한 붕괴를 예상하며 기다렸다.

El violín empezó a deslizarse del regazo de la madre.

바이올린이 어머니의 무릎에서 미끄러져 내려가기 시작했다.

Con un sonido resonante el violín cayó al suelo.

끼음과 함께 바이올린이 땅에 떨어졌다.

Pero ni siquiera ese repentino ruido estrepitoso lo sobresaltó.

하지만 갑작스러운 충돌 소리조차 그를 놀라게 하지 못했다.

«Queridos padres», dijo la hermana, «esto no puede continuar».

"부모님," 여동생이 말했다. "이대로는 안 돼요."

Y golpeó la mesa con la mano para dejar claro su punto.

그녀는 자신의 주장을 강조하기 위해 테이블을 손으로 내리쳤다.

"No diré el nombre de mi hermano delante de este monstruo".

"나는 이 괴물 앞에서 내 동생의 이름을 입에 담지 않겠다."

"Por eso lo digo lo más claramente posible:"

"그래서 제가 최대한 직설적으로 말씀드리는 겁니다."

"No tenemos otra opción que deshacernos de este animal".

"우리는 이 동물을 없애버릴 수밖에 없어."

"Hicimos lo mejor que pudimos para tolerar y cuidar a este animal".

"우리는 이 동물을 최대한 참아주고 돌보려고 노력했습니다."

"No creo que nadie pueda culparnos en lo más mínimo".

"누구도 우리를 조금이라도 비난할 수 없을 거라고 생각해요."

"Tiene mil veces razón", asintió el padre.

"그녀 말이 천 번이고 만 번이고 맞습니다." 아버지가 동의했다.

La madre aún no había recuperado del todo el aliento.

어머니는 아직 숨을 완전히 고르지 못했다.

Ella empezó a toser sordamente en su mano, respirando con dificultad.

그녀는 손으로 입을 가리고 힘겹게 기침을 하기 시작했고, 숨을 헐떡였다.

Y una expresión de locura comenzó a surgir en sus ojos.

그러자 그녀의 눈에 광기 어린 표정이 나타나기 시작했다.

La hermana corrió hacia su madre y le sujetó la frente.

여동생은 어머니에게 달려가 이마를 움켜쥐었다.

El padre pareció inspirarse en las palabras de la hermana.

아버지는 여동생의 말에 감명을 받은 듯했다.

Y sus pensamientos parecían ser más claros que antes.

그의 생각은 이전보다 더 명확해 보였다.

Dejó de asentir con la cabeza y volvió a sentarse derecho.

그는 고개를 끄덕이는 것을 멈추고 다시 똑바로 앉았다.

Y jugaba con la gorra de sirviente, sumido en sus pensamientos.

그는 깊은 생각에 잠겨 하인의 모자를 만지작거렸다.

Los platos de los inquilinos todavía estaban sobre la mesa.

세입자들이 쓰던 접시들이 여전히 테이블 위에 놓여 있었다.

Y a veces miraba hacia el silencioso Gregor.

그리고 그는 때때로 말없이 서 있는 그레고르를 바라보았다.

"Tenemos que intentar deshacernos de él", le dijo la hermana.

"우리는 그것을 없애도록 노력해야 해," 여동생이 그에게 말했다.

La madre estaba demasiado ocupada tosiendo como para escuchar.

어머니는 기침하느라 정신이 없어서 듣지 못했다.

"Los matará a ambos, ya lo veo venir."

"그건 너희 둘 다 죽일 거야. 벌써부터 그렇게 될 게 보여."

"No podemos seguir trabajando tan duro como lo hacemos todos."

"우리 모두가 지금처럼 열심히 일할 수는 없어요."

"Y cada día tenemos que volver a casa y encontrarnos con esta tortura."

"그리고 우리는 매일 이 고문 속으로 돌아와야 합니다."

"No podemos soportarlo más. No puedo soportarlo."

"더 이상 참을 수 없어요. 저는 더 이상 참을 수 없어요."

Ella cayó ante su madre en un último estallido de lágrimas.

그녀는 마지막으로 울음을 터뜨리며 어머니에게 달려갔다.

Las lágrimas cayeron por su rostro y sobre el de su madre.

그녀의 얼굴을 타고 눈물이 흘러내려 어머니의 얼굴에 떨어졌다.

Y se secó las lágrimas con un movimiento mecánico.

그녀는 기계적인 동작으로 눈물을 닦아냈다.

"Hijo mío", dijo el padre con voz compasiva.

"내 아이야," 아버지가 애틋한 목소리로 말했다.

Había profunda simpatía y comprensión en su voz.

그의 목소리에는 깊은 공감과 이해심이 담겨 있었다.

«Pero ¿qué debemos hacer?», confesó no saberlo.

"하지만 우리는 어떻게 해야 할까요?" 그는 모른다고 고백했다.

La hermana simplemente se encogió de hombros con impotencia.

여동생은 어쩔 수 없다는 듯 어깨를 으쓱했다.

Y su confianza anterior fue reemplazada nuevamente por lágrimas.

그리고 그녀의 이전까지 보여줬던 자신감은 다시 눈물로 바뀌었다.

«Si nos entendiera», dijo el padre en voz alta.

"그가 우리를 이해해주기만 한다면…" 아버지가 큰 소리로 말했다.

Y se preguntó si tal vez Gregor entendía.

그리고 그는 그레고르가 이해했을지 반쯤 의심했다.

La hermana simplemente sacudió su mano violentamente mientras lloraba.

여동생은 울면서 손을 격렬하게 흔들었다.

Y entonces ella señaló que no se debía pensar en esa idea.

그래서 그녀는 그런 생각은 아예 하지 말아야 한다는 신호를 보냈다.

«¡Si nos comprendiera!», repitió el padre.

"하지만 그가 우리를 이해해주기만 한다면 얼마나 좋을까요," 아버지가 되풀이했다.

Cerrando los ojos consideró la respuesta de la hermana.
그는 눈을 감고 여동생의 대답을 곰곰이 생각했다.

"Si lo entendiera se podría llegar a un acuerdo con él."
"그가 이해한다면 그와 합의가 이루어질 수 있을 것이다."

"Pero estando las cosas como están..."
"하지만 세상이 이렇게 돌아가는 이상…"

"Tiene que irse", gritó la hermana, "es la única manera".
"꼭 없애야 해," 여동생이 외쳤다. "그게 유일한 방법이야."

"Tienes que deshacerte de la idea de que es Gregor".
"그 사람이 그레고르라는 생각을 버려야 해요."

"Que lo hayamos creído durante tanto tiempo es nuestra verdadera desgracia."
"우리가 그것을 너무 오랫동안 믿었다는 것이야말로 우리의 진정한 불행이다."

«¿Pero cómo puede ser Gregor?», le preguntó a su padre.
"하지만 어떻게 그레고르일 수 있어요?" 그녀가 아버지에게 물었다.

"Sabía que un animal así no podía coexistir con los humanos".
"그는 그런 동물이 인간과 공존할 수 없다는 것을 알고 있었다."

Gregor nos habría abandonado hace mucho tiempo, voluntariamente.
"그레고르는 오래전에 자발적으로 우리 곁을 떠났을 겁니다."

"Es cierto, entonces no tendríamos ningún hermano."
"맞아요, 그랬다면 우리는 형제가 없었겠죠."

"Pero podríamos seguir viviendo y honrar su memoria".
"하지만 우리는 계속해서 그의 기억을 기리고 살아갈 수 있습니다."

"Pero esta bestia nos persigue y ahuyenta a nuestros labradores."

"하지만 이 짐승이 우리를 쫓아오고 우리 세입자들을 쫓아냅니다."

"Es evidente que quiere apoderarse de todo el apartamento".

"분명히 아파트 전체를 차지하려는 것 같네요."

"Esta bestia quiere hacernos dormir en la calle."

"이 짐승은 우리를 길거리에서 자게 만들려고 한다."

«Mira, padre», gritó de repente, «¡se mueve otra vez!»

"아빠, 보세요!" 그녀가 갑자기 소리쳤다. "또 움직여요!"

E hizo algo que ni siquiera Gregor pudo entender.

그리고 그녀는 그레고르조차 이해할 수 없는 일을 저질렀다.

Ella se apartó, como sacrificando a la madre.

그녀는 마치 어머니를 희생시키듯 몸을 밀쳐냈다.

Y ella corrió detrás de su padre buscando algún tipo de seguridad.

그녀는 안전을 위해 아버지 뒤를 따라 달렸다.

El padre estaba agitado únicamente porque su hija lo estaba.

아버지가 동요한 것은 딸이 동요했기 때문이었다.

Pero entonces él también se levantó y levantó los brazos sobre ella.

그러자 그도 일어서서 두 팔을 그녀 위로 들어 올렸다.

Pero Gregor no tenía intención de asustar a nadie.

하지만 그레고르는 누구를 겁주려는 의도가 전혀 없었다.

Sobre todo no pensó en asustar a su hermana.

그는 특히 여동생을 겁주려는 생각은 전혀 없었다.

Él sólo estaba intentando regresar a su habitación.

그는 그저 자기 방으로 돌아가려고 했을 뿐이었다.

Pero dado que su estado estaba empeorando, incluso esto era difícil.

하지만 그의 상태가 악화되면서 이마저도 어려웠다.

Y ya no tenía pleno uso de todas sus piernas.

그리고 그는 더 이상 다리를 온전히 사용할 수 없게 되었습니다.

Entonces usó su cabeza para levantar su cuerpo y girar.

그래서 그는 머리를 이용해 몸을 들어 올리고 몸을 돌렸다.

Hizo una pausa y miró a su alrededor esperando la aprobación de la familia.

그는 잠시 말을 멈추고 가족들의 승인을 구하듯 주위를 둘러보았다.

Su buena intención parecía haber sido reconocida.

그의 선의가 인정받은 것 같았다.

Su movimiento sólo había sido un shock momentáneo para ellos.

그의 움직임은 그들에게 순간적인 충격이었을 뿐이었다.

Ahora todos lo miraban en un silencio infeliz.

이제 그들은 모두 슬픈 침묵 속에 그를 바라보고 있었다.

La madre seguía tumbada en el sillón, exhausta.

어머니는 여전히 안락의자에 지쳐서 누워 있었다.

El padre y la hermana estaban sentados uno al lado del otro.

아버지와 여동생은 나란히 앉아 있었다.

«Quizás ahora me dejen dar la vuelta», pensó Gregor.

"이제 돌아서게 해 줄지도 몰라." 그레고르는 생각했다.

Y continuó haciendo su torpe movimiento de giro.

그는 어색하게 몸을 돌리는 동작을 계속했다.

No podía reprimir los jadeos ocasionales de esfuerzo.

그는 힘든 시기에 간간이 터져 나오는 숨소리를 억누를 수 없었다.

Y se vio obligado a descansar un par de veces entre uno y otro.

그리고 그는 중간중간에 몇 번 휴식을 취해야 했습니다.

Ya nadie le obligaba a apresurarse; la decisión estaba en sus manos.

이제 아무도 그에게 서두르라고 재촉하지 않았다. 모든 것은 그의 몫이었다.

Al final completó el giro lento y doloroso.

결국 그는 느리고 고통스러운 방향 전환을 완료했다.

Inmediatamente comenzó a caminar directamente de regreso a su habitación.

그는 곧바로 자기 방으로 곧장 걸어가기 시작했다.

Se sorprendió de lo lejos que estaba de su habitación.

그는 자기 방에서 얼마나 멀리 떨어져 있는지에 놀랐다.

¿Cómo, a pesar de su debilidad, había llegado allí antes?

그는 몸이 약한데도 불구하고 어떻게 전에는 거기에 도착했던 걸까?

Había recorrido casi el mismo camino sin darse cuenta.

그는 자신도 모르는 사이에 거의 같은 길을 걸어왔다.

Ahora él sólo se concentró en gatear tan rápido como podía.

그는 이제 최대한 빨리 기어가는 데에만 집중했다.

La falta de comentarios por parte de alguien no le inquietó.

아무도 언급하지 않은 것은 그에게 전혀 문제가 되지 않았다.

Sólo cuando ya estaba en la puerta giró la cabeza.

그는 문 안으로 완전히 들어서고 나서야 고개를 돌렸다.

Pero no pudo darse la vuelta para mirar hacia atrás por completo.

하지만 그는 완전히 뒤돌아볼 수는 없었다.

Porque sintió que su cuello se ponía aún más rígido al girarse.

그는 몸을 돌리자 목이 더욱 뻣뻣해지는 것을 느꼈다.

Pero vio que de todas formas nada había cambiado detrás de él.

하지만 그는 뒤에서 아무것도 변하지 않았다는 것을 깨달았다.

La única diferencia fue que su hermana se puso de pie.

유일한 차이점은 그의 여동생이 일어섰다는 것이었다.

Su última mirada mostró que su madre se había quedado dormida.

그가 마지막으로 본 모습은 어머니가 잠들어 있는 것이었다.

Tan pronto como estuvo dentro de su habitación la puerta se cerró.

그가 방 안으로 들어가자마자 문이 닫혔다.

Y tan pronto como la puerta se cerró, el cerrojo quedó bloqueado.

문이 닫히자마자 금고는 잠겼다.

Gregor se asustó por el ruido inesperado que se oía detrás.

그레고르는 뒤에서 들려오는 예상치 못한 소음에 깜짝 놀랐다.

Y sus piernas se doblaron bajo él por la repentina sorpresa.

갑작스러운 놀라움에 그의 다리가 풀려 주저앉았다.

Fue la hermana quien corrió hacia la puerta detrás de él.

그의 뒤를 따라 문으로 달려간 사람은 그의 여동생이었다.

Ella ya se encontraba allí de pie, esperándolo.

그녀는 이미 그곳에 똑바로 서서 그를 기다리고 있었다.

Luego saltó hacia delante ligeramente sin que Gregor la oyera.

그녀는 그레고르가 듣지 못하도록 가볍게 앞으로 뛰어올랐다.

"¡Por fin!" gritó en voz alta mientras giraba la llave.

"드디어!" 그녀는 열쇠를 돌리며 큰 소리로 외쳤다.

"¿Y ahora qué?", se preguntó Gregor, solo en la oscuridad.

"이제 어떻게 하지?" 그레고르는 어둠 속에 홀로 서서 혼잣말을 했다.

Pronto descubrió que ya no podía moverse en absoluto.

그는 곧 자신이 더 이상 전혀 움직일 수 없다는 것을 깨달았다.

Pero no le sorprendió realmente su inmovilidad.

하지만 그는 자신의 움직일 수 없는 상태에 그다지 놀라지 않았다.

Poder moverse con piernas tan delgadas parecía ridículo.

그렇게 가는 다리로 움직일 수 있다는 건 우스꽝스러워 보였다.

No sabía cómo había sido capaz de hacerlo.

그는 자신이 어떻게 그 일을 해낼 수 있었는지 도무지 알 수 없었다.

Pero aparte de eso se sentía relativamente cómodo.

하지만 그 점을 제외하면 그는 비교적 편안함을 느꼈다.

Es cierto que sentía un dolor profundo en todo el cuerpo.

그가 온몸에 극심한 고통을 느꼈다는 것은 사실입니다.

Pero el dolor parecía hacerse cada vez más débil.

하지만 통증은 점점 약해지는 것 같았다.

Y sintió que el dolor eventualmente desaparecería.

그리고 그는 그 고통이 결국 사라질 것이라고 느꼈습니다.

Ya casi no sentía la manzana podrida en su espalda.

그는 이제 등에 박힌 썩은 사과의 느낌을 거의 느끼지 못했다.

Pensó en su familia con emoción y amor.

그는 감정과 애정을 담아 가족을 떠올렸다.

Sintió las emociones de su hermana incluso más que ella misma.

그는 여동생보다 훨씬 더 여동생의 감정을 느꼈다.

Ella tenía razón en lo que había dicho: él tenía que irse.

그녀의 말이 맞았다. 그는 떠나야만 했다.

Pasó algún tiempo en ese estado vacío y pacífico.

그는 이 한적하고 평화로운 곳에서 얼마간 시간을 보냈습니다.

El reloj dio tres veces, silenciosamente, pero con firmeza.

시계는 조용하지만 단호하게 세 번 종을 울렸다.

Gregor fue sacado suavemente de sus meditaciones.

그레고르는 생각에 잠겨 있던 상태에서 부드럽게 깨어났다.

Observó cómo la luz de la mañana entraba lentamente en su habitación.

그는 아침 햇살이 천천히 방 안으로 들어오는 것을 지켜보았다.

Entonces su cabeza se hundió por completo, sin su voluntad.

그러자 그의 머리는 본인의 의지와 상관없이 완전히 아래로 푹 떨어졌다.

Y su último aliento fluyó débilmente de su nariz.

그리고 그의 마지막 숨결이 콧구멍에서 힘없이 흘러나왔다.

La criada entró en su habitación temprano en la mañana.

하녀는 이른 아침에 그의 방으로 들어왔다.

No encontró nada inusual durante su corta visita habitual.

그녀는 평소처럼 짧은 방문 동안 아무런 특이한 점도 발견하지 못했다.

Con fuerza y prisa cerró de golpe todas las puertas.

힘도 없고 서두르느라 그녀는 모든 문을 쾅 닫아버렸다.

No fue posible dormir tranquilo en todo el apartamento.

아파트 전체에서 편안한 잠을 잘 수 있는 사람은 아무도 없었다.

Le habían pedido que evitara hacer esto por la mañana.

그녀는 아침에는 이 행동을 하지 말아달라는 부탁을 받았다.

Ella pensó que él yacía allí inmóvil a propósito.

그녀는 그가 일부러 그렇게 미동도 없이 누워있는 거라고 생각했다.

Quizás quería demostrarle que estaba ofendido.

어쩌면 그는 그녀에게 자신이 불쾌했다는 것을 보여주고 싶었을지도 모른다.

Ella confiaba en que él tenía todo tipo de inteligencia.

그녀는 그가 온갖 지능을 갖추고 있을 거라고 믿었다.

Ella sostenía por casualidad la escoba larga en su mano.

마침 그녀는 손에 긴 빗자루를 들고 있었다.

Entonces, desde la puerta, intentó hacerle un poco de cosquillas a Gregor.

그래서 그녀는 문 앞에서 그레고르를 살짝 간지럽혀 보려고 했다.

Ella estaba un poco molesta porque él no respondió en absoluto.

그가 전혀 답장을 하지 않아서 그녀는 약간 짜증이 났다.

Así que esta vez lo empujó un poco más firmemente.

그래서 그녀는 이번에는 좀 더 단호하게 그를 밀쳤다.

Cuando él no ofreció resistencia, ella lo miró más de cerca.

그가 아무런 저항도 보이지 않자 그녀는 더 자세히 살펴보았다.

Pronto se dio cuenta de lo que realmente le había sucedido a Gregor.

그녀는 곧 그레고르에게 실제로 무슨 일이 일어났는지 깨달았다.

Abrió más los ojos y silbó para sí misma.

그녀는 눈을 더욱 크게 뜨고는 혼잣말로 휘파람을 불었다.

Pero no perdió mucho tiempo antes de abrir la puerta.

하지만 그녀는 문을 열기까지 시간을 낭비하지 않았다.

Y clamó a gran voz en la oscuridad:

그리고 그녀는 어둠 속으로 큰 소리로 외쳤습니다.

"Ven a echarle un vistazo, ahí está, completamente muerto."

"와서 한번 보세요, 저기 완전히 죽어 누워 있어요."

Los dos padres estaban sentados erguidos en el lecho conyugal.

두 부모는 부부 침대에 똑바로 앉아 있었다.

Primero tuvieron que superar el impacto del ruido.

우선 그들은 소음의 충격을 극복해야 했습니다.

Pero poco a poco empezaron a comprender su mensaje.

하지만 그들은 서서히 그녀의 메시지를 이해하기 시작했습니다.

El señor y la señora Samsa saltaron cada uno de su lado de la cama.

삼사 씨 부부는 각각 침대에서 뛰어내렸습니다.

El señor Samsa se echó la gruesa manta sobre los hombros.

삼사 씨는 두꺼운 담요를 어깨에 걸쳤다.

Y la señora Samsa salió sin nada más que su camisón.

그러자 삼사 부인은 잠옷만 입은 채로 나왔다.

Y así entraron en la habitación de Gregor.

그렇게 그들은 그레고르의 방으로 들어갔다.

Mientras tanto, la puerta de la sala de estar también se había abierto.

그러는 사이 거실 문도 열려 있었다.

Grete había dormido allí desde que los inquilinos se mudaron.

그레테는 세입자들이 이사 온 이후로 줄곧 그곳에서 잠을 잤다.

Estaba completamente vestida como si no hubiera dormido en absoluto.

그녀는 마치 전혀 잠을 자지 않은 것처럼 옷을 완전히 차려입고 있었다.

Su rostro pálido también parecía demostrar su falta de sueño.

그녀의 창백한 얼굴은 수면 부족을 여실히 보여주는 듯했다.

"¿Está muerto?" preguntó la señora Samsa, mirando a la criada.

"그가 죽었다고요?" 삼사 부인이 하녀를 바라보며 물었다.

Ella podría haberlo confirmado mirándolo ella misma.

그녀는 직접 그를 보면 이를 확인할 수 있었을 것이다.

"Creo que sí", dijo la criada cogiendo la escoba.

"그런 것 같아요." 하녀가 빗자루를 집어 들며 말했다.

Y ella empujó su cuerpo muy lejos por el suelo.

그리고 그녀는 그의 몸을 바닥을 가로질러 한참 밀었다.

La señora Samsa hizo un movimiento como si quisiera detenerla.

삼사 부인은 마치 그녀를 말리고 싶은 듯 동작을 취했다.

Pero al final dejó que la criada llevara a Gregor de un lado a otro.

하지만 결국 그녀는 하녀가 그레고르를 이리저리 끌고 다니도록 내버려 두었다.

—Bueno —dijo el señor Samsa—, por fin podemos dar gracias a Dios.

"드디어 하나님께 감사드릴 수 있게 됐네요." 삼사 씨가 말했다.

Hizo la señal de la cruz; cabeza, pecho, hombros.

그는 머리, 가슴, 어깨에 십자가 성호를 그었습니다.

Y las tres mujeres siguieron su ejemplo religioso.

그리고 그 세 여성은 그의 종교적 모범을 따랐습니다.

Grete, que no apartaba la vista del cadáver, dijo:

시체를 떼지 않고 있던 그레테는 이렇게 말했다.

"Mira qué delgado estaba, hacía tanto tiempo que no comía."

"봐, 얼마나 말랐는지. 오랫동안 아무것도 못 먹었나 봐."

"La comida que le dejaba cada mañana siempre estaba intacta."

"제가 매일 아침 그에게 놓아둔 음식은 항상 손도 대지 않은 채 그대로였습니다."

De hecho, el cuerpo de Gregor estaba completamente plano y seco.

실제로 그레고르의 시신은 완전히 납작하고 말라 있었다.

Esto era más visible ahora que estaba en el suelo.

그가 땅에 쓰러지자 그 사실이 더욱 분명해졌다.

Porque su cuerpo ya no era levantado por sus piernas.

그의 몸이 더 이상 다리로 지탱되지 않았기 때문이다.

Y porque no había nada más que distrajera la vista.

그리고 시야를 가리는 다른 것이 아무것도 없었기 때문입니다.

—Ven un rato con nosotros, Grete —dijo la señora Samsa.

"그레테, 우리랑 같이 잠깐 들어오자." 삼사 부인이 말했다.

Había una sonrisa dolorosa en sus labios mientras hablaba.

그녀는 말하는 내내 입가에 고통스러운 미소를 띤 채였다.

Grete los siguió, pero también miró hacia el cadáver.

그레테는 그들을 따라갔지만, 시체를 뒤돌아보기도 했다.

La criada cerró la puerta y abrió completamente la ventana.

하녀는 문을 닫고 창문을 활짝 열었다.

Todavía era temprano, por lo que normalmente el aire estaría frío.

아직 이른 시간이었기에 공기는 대개 차가웠다.

Pero también había una mezcla de calidez en el aire frío.

하지만 차가운 공기 속에는 따뜻함도 섞여 있었다.

Como un suave recordatorio de que ya era finales de marzo.

마치 3월 말이 되었다는 것을 부드럽게 일깨워주는 것 같았다.

Los tres inquilinos ahora también salieron de su habitación.

세 명의 세입자도 이제 방에서 나왔다.

Miraron a su alrededor con asombro en busca de su desayuno.

그들은 아침 식사를 찾으려고 주위를 둘러보며 놀란 표정을 지었다.

El desayuno fue olvidado por lo que encontró la criada.

하녀가 발견한 것 때문에 아침 식사는 잊어버렸다.

"¿Dónde está el desayuno?" se quejó el caballero del medio.

"아침 식사는 어디 있죠?" 가운데 앉은 남자가 투덜거렸다.

La criada se llevó el dedo a la boca para ordenar silencio.

하녀는 조용히 하라는 뜻으로 손가락을 입술에 댔다.

Y ella rápidamente y en silencio saludó a los caballeros.

그녀는 서둘러 조용히 신사들에게 손을 흔들었다.

La criada acompañó a los tres caballeros a la habitación.

하녀는 세 신사를 방 안으로 안내했다.

Y continuó explicándoles lo que había sucedido.

그리고 그녀는 그들에게 무슨 일이 있었는지 계속해서 설명했다.

Y los tres caballeros estaban alrededor del cadáver de Gregor.

그리고 세 신사는 그레고르의 시신 주위에 서 있었다.

Con las manos en los bolsillos miraron hacia abajo.

그들은 손을 주머니에 넣은 채 아래를 내려다보았다.

La luz de la mañana ahora había inundado completamente la habitación.

아침 햇살이 방 안을 가득 채웠다.

Entonces se abrió la puerta del dormitorio y apareció el señor Samsa.

그러자 침실 문이 열리고 삼사 씨가 나타났습니다.

A un lado estaba su esposa y al otro su hija.

한쪽에는 그의 아내가, 다른 한쪽에는 그의 딸이 앉아 있었다.

Para entonces el señor Samsa ya llevaba puesto su uniforme.

삼사 씨는 이미 제복을 입고 있었다.

Se podía ver que todos habían estado llorando un poco.

그들 모두가 조금씩 울었던 것이 분명해 보였다.

Grete presionó su cara contra el brazo de su padre.

그레테는 얼굴을 아버지의 팔에 바짝 붙였다.

"¡Sal de mi apartamento inmediatamente!" ordenó el señor Samsa.

"당장 내 아파트에서 나가!" 삼사 씨가 명령했다.

Y señaló la puerta sin dejar salir a las mujeres.

그는 여자들을 보내주지 않고 문을 가리켰다.

"¿Qué quieres decir?" preguntó el intermediario desconcertado.

"무슨 말씀이세요?" 중간책이 당황하며 물었다.

Y él hizo lo mejor que pudo para sonreír dulcemente al señor Samsa.

그리고 그는 삼사 씨에게 최대한 상냥하게 미소 지으려고

노력했습니다.

Los otros dos llevaban las manos tras la espalda.

나머지 두 사람은 손을 등 뒤로 하고 있었다.

Y se frotaron las manos con anticipación.

그들은 기대감에 손을 비볐다.

Parecía que esperaban que se produjera una fuerte pelea.

그들은 큰 싸움이 벌어질 것을 예상하는 듯했다.

Pero ellos parecían estar contentos con la discusión que se avecinaba.

하지만 그들은 다가오는 논쟁에 대해 기뻐하는 듯 보였다.

Creían que la disputa sería a su favor.

그들은 분쟁에서 자신들이 유리할 것이라고 생각했다.

"Quiero decir exactamente lo que acabo de decir", respondió el señor Samsa.

"제가 방금 말한 그대로의 의미입니다."라고 삼사 씨가 대답했다.

Caminó en línea recta con sus dos compañeros.

그는 두 동행자와 함께 일직선으로 걸었다.

Y el señor Samsa se dirigió directamente a su caballero principal.

그리고 삼사 씨는 그들의 우두머리에게 직접 다가갔습니다.

El caballero primero se quedó quieto, mirando al suelo.

그 신사는 처음에는 가만히 서서 땅을 바라보았습니다.

El contenido de su cabeza todavía estaba ordenándose.

그의 머릿속은 여전히 정리되고 있었다.

—Está bien, nos vamos —dijo y miró al señor Samsa.

"좋아요, 가죠." 그는 말하며 삼사 씨를 올려다보았다.

Una nueva humildad pareció apoderarse de él de repente.

그에게 갑자기 새로운 겸손함이 찾아온 듯했다.

Y parecía estar pidiendo permiso para esta decisión.

그리고 그는 마치 이 결정에 대한 허락을 구하는 듯 보였다.

El señor Samsa abrió mucho los ojos y asintió un poco.

삼사 씨는 눈을 크게 뜨고 고개를 살짝 끄덕였습니다.

Los caballeros obedecieron inmediatamente su orden.

그 신사분들은 즉시 그의 명령에 따랐습니다.

Y efectivamente dieron largos pasos por el pasillo.

그리고 그들은 실제로 복도로 성큼성큼 걸어 들어갔다.

Sus amigos ya habían dejado de frotarse las manos.

그의 친구들은 이미 손을 비비는 것을 멈췄다.

Habían estado escuchando cómo iba la conversación.

그들은 대화가 어떻게 진행되는지 듣고 있었다.

Y ahora corrían tras él, como si tuvieran miedo.

그들은 마치 두려움에 떨듯 그를 뒤쫓아 달려갔다.

El señor Samsa aún podría aislarlos de su líder.

삼사 씨는 여전히 그들을 지도자로부터 고립시킬 수도 있습니다.

Sacaron sus palos del contenedor.

그들은 막대기 통에서 막대기를 꺼냈다.

Y se inclinaron en silencio antes de salir del apartamento.

그들은 아파트를 나서기 전에 말없이 고개를 숙였다.

El señor Samsa y las dos mujeres salieron del patio delantero.

삼사 씨와 두 여성은 앞마당에서 나왔습니다.

Pero en realidad no tenían motivos para desconfiar de los hombres.

하지만 사실 그들이 그 남자들을 불신할 이유는 전혀 없었다.

Se apoyaron en la barandilla para comprobar si se habían ido.

그들은 그들이 갔는지 확인하기 위해 난간에 기대섰다.

Los tres caballeros efectivamente estaban bajando las escaleras.

세 신사분들은 실제로 계단을 내려가고 계셨습니다.

En un determinado recodo de la escalera desaparecieron.

계단의 어느 굽은 곳에서 그들은 사라졌다.

Y entonces la escalera los trajo de nuevo a la vista.

그러다가 계단을 통해 그들이 다시 시야에 들어왔다.

Esta aparición y desaparición se repite en cada piso.

이렇게 나타났다 사라지는 현상이 각 층마다 반복되었습니다.

Pero al final casi habían llegado al fondo.

하지만 결국 그들은 거의 바닥에 도달했습니다.

Cuanto más avanzaban, más aburridos parecían.

그들이 멀리 갈수록 점점 더 흥미를 잃어갔다.

Todos regresaron a casa, como si se sintieran aliviados.

모두들 안도한 듯 집으로 돌아갔다.

Decidieron aprovechar el día para descansar y salir a pasear.

그들은 휴식을 취하고 산책을 나가는 데 하루를 쓰기로 했다.

Sentían que merecían este descanso de su trabajo.

그들은 자신들이 일에서 벗어나 휴식을 취할 자격이 있다고
생각했다.

No sólo merecían este descanso, sino que lo necesitaban.

그들은 이 휴식을 누릴 자격이 있었을 뿐만 아니라, 절실히
필요했습니다.

Se sentaron a la mesa para escribir cartas de disculpas.

그들은 사과 편지를 쓰기 위해 테이블에 앉았다.

**El señor Samsa escribió una carta de disculpas a su
dirección.**

삼사 씨는 회사 경영진에게 사과 편지를 썼습니다.

La señora Samsa escribió su carta de disculpas a sus clientes.

삼사 여사는 고객들에게 사과 편지를 썼습니다.

Y Grete escribió su carta de disculpa a su director.

그리고 그레테는 교장 선생님께 사과 편지를 썼습니다.

Mientras todos escribían, la criada llegó a la habitación.

그들이 모두 글을 쓰고 있는 동안 하녀가 방으로 들어왔다.

**Su trabajo de la mañana había terminado, por lo que se
dirigía a casa.**

그녀는 오전 업무를 마쳤기 때문에 집으로 가고 있었다.

**Los tres escritores asintieron al principio, sin levantar la
vista.**

세 명의 작가는 처음에는 고개를 들지 않고 고개만 끄덕였다.

Pero la criada no parecía querer irse todavía.

하지만 하녀는 아직 떠나고 싶지 않은 것 같았다.

**Esperó un poco, hasta que los tres escritores levantaron la
vista.**

그녀는 세 명의 작가가 고개를 들 때까지 잠시 기다렸다.

**"¿Y bien?" preguntó el señor Samsa, enojado como los
demás.**

"그래서요?" 삼사 씨는 다른 사람들처럼 화가 난 목소리로 물었다.

**La criada estaba parada en la puerta con una sonrisa en su
rostro.**

하녀는 얼굴에 미소를 띤 채 문간에 서 있었다.

Dio la impresión de tener buenas noticias que informar.

그녀는 마치 좋은 소식을 전할 것처럼 보였다.

Pero ella no iba a compartir la noticia a menos que se lo pidieran.

하지만 그녀는 요청받지 않는 한 그 소식을 전하지 않을

생각이었다.

La pluma de avestruz erguida sobre su sombrero se balanceaba ligeramente.

그녀의 모자에 꽂힌 타조 깃털이 살짝 흔들렸다.

Aquella pluma de avestruz siempre había molestado al señor Samsa.

그 타조 깃털은 삼사 씨를 늘 거슬리게 했다.

—Entonces, ¿qué quieres? —preguntó la señora Samsa con firmeza.

"그래서, 당신이 원하는 게 뭐죠?" 삼사 부인이 단호하게 물었다.

La criada todavía tenía mucho respeto por la señora Samsa.

하녀는 여전히 삼사 부인을 매우 존경했다.

"Sí", respondió ella y soltó una carcajada amistosa.

"네," 그녀는 대답하며 정겹게 웃었다.

Por un momento su risa le impidió hablar.

그녀는 웃음 때문에 잠시 말을 멈췄다.

"No tienes que preocuparte por esa cosa de al lado".

"옆집 일은 걱정하지 않으셔도 돼요."

"Ya he decidido cómo nos desharemos de él".

"이미 어떻게 처리할지 계획을 세워뒀어요."

La señora Samsa y Grete continuaron escribiendo sus cartas.

삼사 부인과 그레테는 계속해서 편지를 썼다.

Pero el señor Samsa se dio cuenta de que la criada aún no había terminado.

하지만 삼사 씨는 하녀의 일이 아직 끝나지 않았다는 것을
알아챘습니다.

Ahora quería describir todo con más detalle.

이제 그녀는 모든 것을 더 자세히 설명하고 싶어 했다.

Pero él extendió su mano para rechazar sus esfuerzos.

하지만 그는 그녀의 노력을 거부하듯 손을 내밀었다.

Se dio cuenta de que no estaban interesados en sus planes.

그녀는 그들이 자신의 계획에 관심이 없다는 것을 깨달았다.

Y entonces recordó la gran prisa en la que había estado.

그러고 나서 그녀는 자신이 얼마나 서둘렀는지 기억해냈다.

"Ciao entonces", dijo ella, insultada por la falta de interés.

"그럼 안녕히 계세요." 그녀는 무관심한 태도에 기분이 상한 듯
말했다.

**Pero antes de irse cerró la puerta de un golpe terriblemente
fuerte.**

하지만 그녀는 떠나기 전에 문을 몹시 세게 닫았다.

"La despedirán esta noche", dijo el señor Samsa.

"그녀는 저녁에 해고될 겁니다."라고 삼사 씨가 말했다.

**Pero su esposa y su hija estaban demasiado ocupadas para
responderle.**

하지만 그의 아내와 딸은 너무 바빠서 대답할 시간이 없었다.

Porque la criada había perturbado la paz recién adquirida.

하녀가 그들이 어렵게 얻은 평화를 방해했기 때문이다.

La madre y la hija se levantaron para ir a la ventana.

어머니와 딸은 창가로 가려고 일어섰다.

Y abrazados se quedaron allí.

그들은 서로 팔짱을 낀 채 그 자리에 머물렀다.

El señor Samsa se giró en su silla para mirarlos.

삼사 씨는 의자에서 몸을 돌려 그들을 바라보았다.

**Y por un rato los observó en silencio mientras estaban allí de
pie.**

그는 한동안 그들이 그곳에 서 있는 모습을 조용히 지켜보았다.

Finalmente les gritó: "¿Queréis venir a mí?"

마침내 그는 그들에게 "내게로 오겠느냐?"라고 외쳤다.

"Olvidémonos de todas esas cosas viejas, ¿de acuerdo?"

"옛날 일은 다 잊어버리자."

"Ven a mí y dame un poco de tu atención."

"이리 와서 내게 잠깐 관심을 가져주시오."

Las dos mujeres hicieron lo que él les dijo y corrieron hacia él.

두 여자는 그의 말대로 그에게 달려갔다.

Le dieron un abrazo cariñoso y le besaron.

그들은 그에게 다정한 포옹을 해주고 입맞춤을 했다.

Regresaron rápidamente para terminar de escribir sus cartas.

그들은 서둘러 돌아가서 편지를 마저 썼다.

Luego los tres abandonaron el apartamento juntos.

그러자 세 사람은 함께 아파트를 나섰다.

No habían salido juntos de casa desde hacía meses.

그들은 몇 달 동안 함께 집 밖으로 나간 적이 없었다.

Y tomaron el tranvía hasta las afueras de la ciudad.

그들은 전차를 타고 도시 외곽으로 갔다.

Tenían todo el vagón del tranvía para ellos solos.

그들은 전차의 객차 전체를 독차지했다.

La luz del sol entraba a raudales por la ventana desde el exterior.

바깥에서 햇살이 창문을 통해 쏟아져 들어왔다.

La familia se reclinó cómodamente en sus asientos.

가족들은 좌석에 편안하게 기대앉았다.

Y discutieron las perspectivas para su futuro.

그리고 그들은 자신들의 미래 전망에 대해 논의했습니다.

Al examinarlos más de cerca, sus perspectivas no eran malas.

자세히 살펴보니 그들의 전망은 나쁘지 않았다.

Los tres tenían trabajos con potencial para ganar más.

세 사람 모두 더 많은 수입을 올릴 수 있는 잠재력이 있는 직업을 가지고 있었습니다.

Nunca se habían preguntado sobre su trabajo.

그들은 서로의 일에 대해 한 번도 물어본 적이 없었다.

Pero ahora finalmente tenían tiempo para discutir esas cosas.

하지만 이제 그들은 마침내 그런 이야기를 나눌 시간을 갖게 되었다.

También tenían la opción de mudarse a un apartamento más pequeño.

그들에게는 더 작은 아파트로 이사할 수 있는 선택권도 있었습니다.

Esto tendría el mayor impacto en sus vidas.

이것이 그들의 삶에 가장 큰 영향을 미칠 것입니다.

Su apartamento actual había sido elegido por Gregor.

그들이 현재 살고 있는 아파트는 그레고르가 직접 골랐다.

Pero ahora podrían mudarse a algún lugar más asequible.

하지만 이제 그들은 좀 더 저렴한 곳으로 이사할 수 있게 되었습니다.

Un apartamento más pequeño, pero en un lugar más práctico.

더 작은 아파트지만, 훨씬 실용적인 곳이에요.

Hablar sobre el futuro hizo que Grete se sintiera nuevamente más animada.

미래에 대한 이야기를 나누자 그레테는 다시 활기를 되찾았다.

El señor y la señora Samsa también notaron otros cambios en ella.

삼사 부부는 그녀에게서 다른 변화들도 알아차렸습니다.

Sus mejillas se habían vuelto pálidas por todas sus preocupaciones.

그녀는 온갖 걱정 때문에 뺨이 창백해졌다.

Pero ahora su hija se estaba convirtiendo en una bella dama.

하지만 이제 그들의 딸은 훌륭한 숙녀로 성장하고 있었다.

Ahora ella realmente era una joven bien formada y hermosa.

그녀는 이제 정말 몸매도 좋고 아름다운 젊은 여성이 되었다.

Sus padres guardaron silencio y admiraron a su hija.

그녀의 부모는 말없이 딸을 바라보았다.

Se miraron el uno al otro comunicándose inconscientemente.

그들은 서로를 힐끗 쳐다보며 무의식적으로 소통했다.

"Pronto llegará el momento de encontrar un buen hombre para ella."

"곧 그녀에게 어울리는 좋은 남자를 찾아줄 때가 될 거예요."

El tranvía había llegado a su destino y redujo la velocidad.

전차가 목적지에 도착해서 속도를 줄였다.

Su hija pareció confirmar sus nuevos sueños.

딸아이는 그들의 새로운 꿈을 확인시켜주는 듯했다.

Ella fue la primera en levantarse y estirar su joven cuerpo.

그녀는 제일 먼저 일어나 젊은 몸을 쭉 뻗었다.